novum pocket

AF147044

Markus Bleyer

Im Strudel der Vergangenheit

novum pocket

Bibliografische Information
der Deutschen Nationalbibliothek:

Die Deutsche Nationalbibliothek
verzeichnet diese Publikation in der
Deutschen Nationalbibliografie.
Detaillierte bibliografische Daten
sind im Internet über
http://www.d-nb.de abrufbar.

Alle Rechte der Verbreitung, auch
durch Film, Funk und Fernsehen, fotomechanische Wiedergabe, Tonträger, elektronische
Datenträger und auszugsweisen
Nachdruck, sind vorbehalten.

Gedruckt in der Europäischen Union
auf umweltfreundlichem, chlor- und
säurefrei gebleichtem Papier.

© 2024 novum Verlag

ISBN 978-3-903468-05-4
Umschlagfoto:
Bulat Silvia | Dreamstime.com
Umschlaggestaltung, Layout & Satz:
novum Verlag

www.novumverlag.com

Klara genoss den leichten, warmen Wind, der ihr durch die offenen Haare blies. Normalerweise hatte sie ihr rückenlanges, dunkles Haar zu einem engen Knoten am Hinterkopf geflochten und war sehr froh, dass der Wind es nun zerzauste. In ihrem ansonsten eher ernsten Gesicht war ein stilles Lächeln. Sie trug ein leichtes Kleid, dass ihr bis unter die Knie reichte und eine dünne Weste. Der schmale Feldweg, den sie entlangspazierte, bildete an dieser Stelle einen kleinen Hohlweg und die Böschung erhob sich links und rechts des Weges etwa drei Meter bis zu den Feldern hinauf. Die Luft war von einem leichten Heugeruch erfüllt und in einem Busch links von ihr zirpte eine Grille. Klara war sich seit einigen Tagen darüber im Klaren, dass jenes Ereignis, dass jeder Frau einmal im Monat widerfährt, bei ihr nun, bereits seit 10 Tagen überfällig war und eine leise Hoffnung begann sie zu erfüllen. Nächste Woche würde sie zum Arzt gehen und sich Gewissheit verschaffen. Sie hoffte inständig, dass sie wieder schwanger geworden war und dass dieses Mal alles gut gehen würde. Zwei ihrer Kinder waren bereits an Krupp verstorben und ein weiteres zu Grabe tragen zu müssen, würde ihr vermutlich das Herz brechen. Klara nahm sich vor, erst nach dem sie beim Arzt gewesen war Alois von der neuerlichen Schwangerschaft zu erzählen. Sie wollte erst ganz sicher sein, aber diese

Neuigkeit würde ihn sicher für eine Zeit lang versöhnlich stimmen. Ihr Mann zeigte eine gewisse Neigung zum Jähzorn und ihm war schon etliche Male die Hand ausgerutscht, wenn etwas nicht so lief, wie er sich das erwartete. Nicht, dass sich Klara über ihre Ehe mit Alois je beschwert hätte. Alles in allem war er ein guter Mann und mit seiner Erbschaft, die er gemacht hatte und seinem Beruf als Zollbeamter, konnte sie sogar einen gewissen Wohlstand genießen. Klara hatte Alois vor nicht ganz drei Jahren geheiratet, nachdem sie zuvor seine vorige Ehefrau bis zu deren Tod gepflegt hatte. Alois war wesentlich älter als Klara und seine strenge Ernsthaftigkeit hatte sie schon immer fasziniert. Klara war mit ihren zwei Schwestern in einer Kleinbauernfamilie unter einfachen Verhältnissen aufgewachsen. Es hatte ihr zwar nicht wirklich an etwas gefehlt, aber reich waren ihre Eltern nicht gewesen. Dieser Umstand und die Tatsache, dass eine ihrer Schwestern einen wohlhabenden Bauern geheiratet hatte, hatten auch in Klara den Wunsch nach einem besseren Leben erwachsen lassen. Insofern entschädigte sie ihr neugewonnener Wohlstand dafür, dass sie hin und wieder Alois' Zorn über sich ergehen lassen musste. Klara würde ihrem Mann hoffentlich noch einige gesunde Kinder schenken und ihm eine treu sorgende Ehefrau sein. Mehr erwartete sie nicht von ihrem Leben.

Nicht weit davon entfernt hatte Simon Schirnhofer gerade seinen letzten Ballen Heu auf die Ladefläche des kleinen Pferdefuhrwerks verladen. Nun machte er es sich auf dem Kutschbock gemütlich und holte seine Jause aus dem Lederrucksack. Er hatte einen Laib Brot, einen Topf mit Schmalz und eine Flasche Traubensaft mit dabei. Simon verteilte reichlich von dem fetten Schmalz auf einer Scheibe Brot und biss herzhaft hinein. Danach spülte er das Essen mit einem gewaltigen Schluck aus der Flasche hinunter. Simon war Knecht auf einem großen Gehöft unweit der Ortschaft und jetzt zur Zeit der Heuernte war er den ganzen Tag auf den Feldern draußen. Die harte Arbeit ging ihm jedoch leicht von der Hand, denn Simon hatte ein großes Ziel vor Augen. In einigen Wochen würde das Erntedankfest stattfinden und da wollte er seiner großen Liebe, Rosa einen Antrag machen. Rosa war die jüngste Tochter des Bauern, auf dessen Hof Simon diente und in seinen Augen war sie das hübscheste Mädchen weit und breit. Dazu muss man vielleicht erwähnen, dass Simon in seinem ganzen Leben noch nicht viel weiter als bis ins nächste Dorf gekommen war und zudem hatte die schöne Rosa auch keinen blassen Schimmer von seinen Schwärmereien. Und selbst wenn, hätte sie ihn wohl keines Blickes gewürdigt. Simon war arm und hatte starkes Übergewicht. Unter seinem einfachen Arbeitshemd spannte sich ein gewaltiger Bauch, herangezüchtet mit zu viel Alkohol und der Vorliebe für gehaltvolles Essen. Zudem hätte Simon mit seinen zu eng beieinanderstehenden Augen und dem fliehenden Kinn ohnehin keinen Schönheitswettbewerb gewonnen. Hätte ihr Vater, der Bauer von Simons Ansinnen etwas geahnt, wäre er vermutlich schon längst mit Schimpf und Schande vom Hof gejagt worden. Aber so konnte Simon zumindest hoffen und hatte ein Ziel in seinem sonst so einfachen und tristen Leben vor Augen. Er nahm noch einen großen Schluck aus der Flasche mit dem Traubensaft, drehte sich eine Zigarette und machte sich dann auf den Heimweg. Simon hatte schon den ganzen Tag über Schmerzen im linken Arm geklagt, schob diese aber auf die harte Feldarbeit. Er sog gierig an der Zigarette und spie einen Tabakkrümel auf den Weg. Die Hitze setzte ihm doch mehr zu, als er es sich eingestehen wollte und ein leichter Schwindel erfasste ihn. Simon blinzelte die kleinen, schwarzen Punkte vor seinen Augen weg und wischte sich den Schweiß von der Stirn. In diesem Jahr war er leichter als sonst ins Schwitzen geraten und selbst wenn es kühler war, bekam er schon bei der kleinsten Bewegung Schweißausbrüche. Simon wusste, dass sein Lebenswandel seiner Gesundheit nicht wirklich zuträglich war. Schon sein Vater und Großvater waren beide vor ihrem 40. Lebensjahr gestorben. Er nahm sich vor, ab morgen ein wenig abzuspecken und weniger zu trinken. Er schnippte die Zigarette achtlos in die Luft und bemerkte nicht, wie diese von einer seitlich kommenden Windböe erfasst wurde und mitten in der Ladung Heu landete. Die trockenen Halme fingen sofort Feuer, wobei der leichte, warme Wind dieses noch zusätzlich anfachte. Urplötzlich verspürte Simon einen stechenden Schmerz in der Brust, der bis in seinen linken Arm ausstrahlte. Er machte noch einen letzten Atemzug und sackte dann auf dem Kutschbock in sich zusammen. Die leichte Brise hatte in der Zwischenzeit, die zunächst noch kleinen Flammen ordentlich angefacht und mit einem Mal stand die gesamte Heuladung in Flammen. Die Pferde gerieten ob des lodernden Feuers logischerweise in Panik und beschleunigten zu einem wilden Galopp. Doch davon bekam Simon nichts mehr mit. Er war bereits tot, als er von der Sitzbank kippte und aus der Kutsche fiel.

Klara zählte gerade die Schläge der fernen Kirchenglocke, als plötzlich ein brennendes Pferdefuhrwerk in rasendem Tempo um die leichte Biegung des Hohlweges daherkam. Die Kutsche war keine 30 Meter mehr von ihr entfernt und Klara konnte bereits das Weiße in den vor Panik weit aufgerissenen Augen der Pferde sehen. Da sie in dem Hohlweg nicht einfach seitlich ausweichen konnte, wirbelte sie auf dem Absatz herum und rannte schreiend in die Richtung, aus der sie gekommen war davon. Das Fuhrwerk war bis auf 15 Meter an die flüchtende, junge Frau herangekommen, als plötzlich ein Mann in einem weißen Mantel mitten auf dem Hohlweg auftauchte. Er stand mit wild rudernden Armen zwischen Klara und der heranrasenden, brennenden Kutsche. Die beiden Rösser bäumten sich in Panik auf, sodass das Fuhrwerk dahinter aus der Spur geriet und sich überschlug. Die flüchtende Klara beobachtete die seltsame Szene, als sie sich in vollem Lauf kurz umwandte. Da stand plötzlich der Mann mitten auf dem Weg und wurde, noch bevor er irgendwie reagieren konnte, von einem Huf des linken Pferdes in den Staub gestoßen. Das brennende Heu ergoss sich in einem Schwall von dem umstürzenden Wagen mitten auf den Weg und begrub den Mann und eines der beiden Pferde unter sich. Das zweite Tier hatte sich losreißen können und stob in Richtung der vor Schrecken erstarrten Klara davon. Sein Schwanz hatte Feuer gefangen und das arme Tier schrie vor Schmerz laut auf. Das wild auf sie zu galoppierende, laut wiehernde Pferd löste Klaras Schockstarre und sie konnte sich gerade noch zur Seite werfen, bevor das brennende Ross an ihr vorbeizog und in einer Staubwolke verschwand. Klara versuchte, immer noch unter Schock stehend etwas näher an die Unfallstelle heranzukommen. Vielleicht konnte sie dem Mann in dem weißen Mantel ja noch irgendwie helfen.

Aber je näher sie dem brennenden Heuwagen kam, desto heißer wurde es. Außerdem brannte ihr der beißende Qualm des Feuers in der Lunge und sie fürchtete, ohnmächtig zu werden. Als Klara klar wurde, dass sie hier nichts mehr würde ausrichten können, machte sie sich auf den Weg, um Hilfe zu holen. Als eine Stunde später die ersten Helfer an der Unfallstelle eintrafen, stand das umgestürzte Fuhrwerk immer noch in hellen Flammen. Unter dem beißenden Rauch war außerdem der süßliche Geruch brennenden Fleisches wahrnehmbar. Von Klaras Retter fand man später nur den verkohlten Leichnam. Und da auch die Habseligkeiten des Fremden ein Raub der Flammen geworden waren, wurde er drei Tage später, nach einer kurzen polizeilichen Untersuchung in einem namenlosen Grab bestattet. Klara erholte sich rasch von dem Schrecken und brachte fortan jeden Sonntag frische Wiesenblumen zum Grab ihres unbekannten Retters.

Im darauffolgenden Frühling sollte sie einen gesunden Jungen zur Welt bringen.

***

Punkt 21:50 Uhr. Die Optik der Überwachungskamera über dem großen Rolltor fokussierte sich und Sekunden später gab die Sperrmechanik das Rolltor mit einem leisen Klicken frei. Mark Berger betrat das weitläufige Firmengelände von Digital Orbit Enterprises und blickte sich um. Der großzügige Parkplatz des Unternehmens wirkte um diese Uhrzeit verlassen und einzig ein alter, einstmals vermutlich weißer Renault, der vor dem würfelförmigen Firmengebäude im hinteren Teil des Geländes geparkt war, zeugte davon, dass zu dieser späten Stunde außer Mark noch jemand anwesend sein musste. Dabei konnte es sich eigentlich nur um Herrn Mertens, den Kollegen von der Abendschicht handeln, dachte er. Zumindest war ihm beim Einstellungsgespräch mitgeteilt worden, dass besagter Kollege ihn an seinem ersten Arbeitstag empfangen und einschulen würde. Mark nahm noch einen letzten Zug aus seiner Winston, dann trat er durch die dicke, gläserne Eingangstüre. Im Inneren empfing ihn ein kleines Foyer mit Marmorboden und einer Empfangstheke aus einem fast schwarzen, teuren Regenwaldholz. Auch hier war alles dunkel, bis auf einen schwachen Streifen gelblichen Lichts, der unter einer Tür, rechts neben dem Empfang hindurchschimmerte. Und als hätte Mertens bereits hinter der Türe gewartet, öffnete sich diese plötzlich und ein älteres, freundliches Gesicht mit Vollbart erschien. Mertens trug eine schwarze Uniform und winkte Mark mit der Rechten näher zu kommen.

Nur herein, junger Mann. Ich habe frischen Kaffee aufgebrüht und wir haben vor Beginn deiner Schicht noch ein paar Dinge zu besprechen.

Mertens hatte eine freundliche Bud-Spencer-Stimme mit einem leichten norddeutschen Einschlag. Er war um die 60 Jahre alt und unter seinem schwarzen Uniformhemd spannte sich ein gewaltiger Bauch. Mark sog begierig den Duft des frisch aufgebrühten Kaffees ein und fühlte sich sofort wohl in dem kleinen Nachtwächterhäuschen. Die kleine Kammer maß kaum 3 x 3 Meter im Quadrat und war mit einem Tisch und zwei einfachen Holzstühlen möbliert. Auf einer winzigen Kochplatte gluckerte eine silberne Espressokanne vor sich hin.

Nimm Platz Junge, du trinkst doch einen Kaffee mit. Ich bin der Jupp, brummte der alte Nachtwächter und hielt Mark seine Rechte zum Gruß hin. Er hatte einen festen Griff und seine Hand war rau und warm. Mertens nahm einen großen Schluck aus seiner Tasse und wischte sich ungeniert mit der Linken über den Bart.

Während Mark ebenfalls seinen Kaffee schlürfte, sah er sich verstohlen in dem kleinen Zimmer um. Die Kammer war eigentlich so eine Art Miniaturrezeption und die zum Gang hinweisende Seite bestand im Wesentlichen aus einem großen Fenster, dass aber mit einer Jalousie abgedunkelt war. Auf der ebenfalls winzigen Theke vor dem Fenster befanden sich ein Telefon und ein Bildschirm, der in wechselndem Rhythmus verschiedene Ansichten der zahlreichen Überwachungskameras zeigte.

Bud Spencer knallte seine ausgetrunkene Tasse geräuschvoll auf die Tischplatte. *Na gut, trink rasch aus, Junge. Wir müssen noch die Runde machen. Ich hoffe, du hast was zum Lesen dabei, weil in der Nacht kann's ganz schön fade werden. Und wenn du einschläfst, schmeißen die dich achtkantig raus.*

Keine Sorge, ich muss sowieso für meine Prüfung lernen. Da wird's mir sicher nicht langweilig!

Na denn ist es ja gut und nun komm, wir haben nicht viel Zeit. Mertens schnappte sich einen tragbaren Halogenstrahler vom Tisch und sie machten sich auf den Weg. Mark dachte bei sich, dass wohl allein der starke Lichtkegel des Strahlers ausreichen musste, um einen möglichen Einbrecher auf der Stelle zu lähmen.

Als Erstes müssen wir raus auf den Parkplatz, die Zäune kontrollieren. Kommt manchmal vor, dass so ein paar Idioten nachts über den Zaun klettern und am Gelände Party machen. Du beginnst deine Runde rechts vom Haus und gehst immer am Zaun lang, bis du links vom Gebäude wieder ankommst. Am Zaun findest du drei Stechuhren, so wie die da!

Mertens wies auf einen schwarzen Kasten mit einem blauen Display, der an einem Zaunpfahl befestigt war. *So, einfach die Karte ans Display halten, bis es piept und das war's auch schon.*

Sie gingen am Zaun entlang, bis sie zum Eingangstor kamen, wo sich eine weitere Stechuhr befand. Eine Letzte folgte etwa 50 Meter, bevor sie wieder zum Gebäude zurückkamen.

Wenn du wirklich mal jemanden am Gelände erwischt, spiel nicht den Helden. Wie schon erwähnt, sind es meistens eh nur ein paar Jugendliche, die feiern wollen. Aber man kann ja nie wissen.

Mertens tippte auf ein kleines Sprechfunkgerät an seiner Schulter. *Einfach den Knopf da drücken und 10 Minuten später sind die Bullen vor Ort. Und in unserer Kammer findest du gleich neben dem Bildschirm den großen, roten Notknopf. Auch der löst sofort Alarm aus. Ist mir aber in 10 Jahren noch kein einziges Mal passiert.*

Danach setzten Mertens und Mark ihre Runde in den drei Obergeschossen des Firmengebäudes fort, wo die Verwaltungsbüros untergebracht waren. In jeder Etage waren jeweils am Ende des langen Mittelganges die Stechuhren angebracht.

Und was ist mit den unteren Etagen, fragte Mark, nachdem sie wieder im Wächterhäuschen angekommen waren.

Die brauchen dich nicht zu kümmern. Die Lifte sind computergesteuert und lassen nur das Personal mit der höchsten Sicherheitsstufe hinunterfahren. Du machst dreimal pro Schicht deine Runde und das war's. Den Rest der Nacht kannst du machen, was du willst. Nur lass keine Runde aus – das bedeutet nämlich die Fristlose.

Mertens ließ sich auf einen der Stühle sinken, der unter seinem Gewicht ächzte und zog eine Meerschaumpfeife aus der Brusttasche seiner Uniform. Aus einem zerknautschten Tabaksbeutel fischte er eine kleine Menge Tabak und stopfte ihn mit geübter Hand in den Pfeifenkopf. *Du kannst auch gern rauchen, aber leer bloß den Aschenbecher vor der Schichtübergabe aus und lüfte hier drin. Um sechs löst dich der Weber von der Tagesschicht ab und der hasst Rauchen, wie die Pest!*

Mark fragte, was Digital Orbit Enterprises eigentlich machte und zündete sich eine Zigarette an.

Ich weiß leider auch nicht so genau, was die hier treiben. Weber von der Tagschicht hat gemeint, dass hier an alternativen, sauberen Energieträgern geforscht wird. Irgendwas mit kalter Fusion oder so. Frag mich aber bitte nicht, was genau das ist, weil Physik ist nicht so meine Stärke.

Mertens klopfte seine Pfeife aus und hievte sich aus dem Stuhl.

Na gut, Junge. Ich bin dann mal weg – muss schlafen! Die Kaffeekanne lass ich dir hier und im Schrank da hinten steht so 'n kleiner tragbarer Fernseher rum, falls dir doch fad wird. Glaub mir, spätestens nach der dritten Schicht, wird's dir tödlich langweilig werden. Also wie gesagt, um sechs löst dich Weber ab. Bis morgen Nacht dann.

Nachdem Mertens gegangen war, schlüpfte Mark in seine Uniform und vertiefte sich in seine Bücher. Er nahm sich vor, um elf, um zwei und um vier Uhr seine Runden zu drehen. Er las gerade eine Abhandlung über die Vorfälle vom 12. Februar 1934, als er unbeabsichtigt einen seiner Stifte vom Tisch fegte. Mark bückte sich nach dem Schreiber und dabei fiel sein Blick auf die Digitalanzeige des Monitors. Zwei vor elf. Mark überlegte sich, doch vor der nächsten Runde einen Wecker zu stellen, er wollte nicht schon in seiner ersten Nacht gefeuert werden. Mark studierte Geschichte, das hatte ihn schon als Kind fasziniert. Die alten Römer, die Gallier, die Germanen oder auch die Perser, Mark hatte alle gebundenen Werke zu dem Thema, deren er habhaft werden konnte, regelrecht verschlungen. Auch neben dem Geschichtsunterricht in der Schule. In seiner Freizeit arbeitete er an einer Datenbank, die er mit geschichtlichen Ereignissen und den dazugehörigen Zeitpunkten fütterte. Sein Plan war es, dass man ein beliebiges Datum eingab und die Datenbank spuckte die Ereignisse aus, die an diesem

Datum stattgefunden hatten und vice versa. Sozusagen eine Wikipedia nur für Geschichte. Da konnte man schon mal die Zeit übersehen. Wobei er sicher der erste Nachtwächter gewesen wäre, der, wegen zu fleißigen Lernens, auf seine Runde vergessen hätte.

Mark schnappte sich den überdimensionierten Halogenstrahler und trabte auf den Gang hinaus. Draußen war es bereits stockdunkel geworden und trotz der Lampen, die in regelmäßigen Abständen am Zaun angebracht waren, reichte ihr Licht bei Weitem nicht aus, um das gesamte Gelände zu beleuchten. Mark schaltete den Halogenstrahler an und trottete in Richtung der ersten Stechuhr. Es war vollkommen still hier draußen. Selbst von der nahen Stadtautobahn her kam nur ein entferntes Rauschen. Mark überschlug die Größe des Parkplatzes im Kopf und entschied, dass er wohl allein schon deswegen fitbleiben würde. Dabei war Mark beileibe kein sportlicher Typ. Er war eher an seinen Büchern interessiert und hatte für jegliche sportliche Aktivität wenig übrig. Einzig Billard, wenn man es denn als Sport bezeichnen mochte, faszinierte Mark jedes Mal wegen der geometrischen Möglichkeiten.

Ein Knacken in einem dichten Gebüsch jenseits des Zauns schreckte Mark jäh aus seinen Überlegungen auf. Rasch schwenkte er seine Lampe in die Richtung, aus der das Geräusch gekommen war und tatsächlich leuchteten plötzlich zwei verschreckte Augen zwischen den Zweigen auf. Ein junger Rotfuchs, der sich vom nahen Stadtrand hierher verirrt hatte, gab Fersengeld und verschwand in den Büschen. Mark hatte schon etliche Füchse, Dachse und sogar einige scheue Rehe in der Stadt gesehen. Es waren alles sogenannte Kulturfolger, die sich von der unmittelbaren Nähe zu den Menschen lohnende Futterquellen versprachen.

Die restliche Runde verlief ohne weitere besondere Vorkommnisse und selbst die drei Obergeschosse hatten keine spannende Abwechslung geboten. Außer einer Menge versperrter Büros war auch hier alles ruhig und dunkel gewesen. Bei der geringen Abwechslung, die der Job bot, würde Mark wenigstens mit seinem Studium gut vorankommen. Es war zwar nicht optimal, dass er wegen der regelmäßigen Nachtdienste tagsüber in seinen Vorlesungen immer wieder einnicken würde, aber er konnte das Geld, dass er hier verdiente gut gebrauchen. Seine Eltern waren beide tot und er hatte außer einer dementen Tante in Salzburg keine Verwandten mehr, von welchen ihm jemand hätte finanziell unter die Arme greifen können. Mark schaltete nochmals die Kaffeemaschine ein und gähnte herzhaft. Er schielte schuldbewusst zu seinen Büchern hinüber, die verstreut am Tisch lagen, aber er hatte für heute Nacht keine Lust mehr, nochmals die Nase hineinzustecken. Er betrachtete eine Zeit lang die wechselnden Kameraansichten am Bildschirm, aber auch dieses Programm bot wenig spannende Abwechslung. Mark überlegte kurz, den Fernseher einzuschalten, ließ es aber dann bleiben. Er hatte keine Lust auf irgendwelche in x-ter Wiederholung gebrachte dümmliche Serien, die einzig von noch dümmlicherer Werbung unterbrochen sein würden. Mertens hatte nicht übertrieben, dass einem hier bald stinklangweilig werden konnte. Mark beschloss daher, für die nächste Nacht außer seinen Geschichtsbüchern auch ein paar Taschenbücher mitzunehmen. Er trank noch einen Schluck Kaffee und zündete sich eine weitere Winston an.

Er erinnerte sich noch, wie er das Inserat für die Nachtwächterstelle vor nicht ganz einem Monat am schwarzen Brett der Universität entdeckt hatte. Auf der unscheinbaren A4-Seite war in einem kurzen Text die Stelle beschrieben gewesen und das untere Ende des Blattes war mehrmals so eingeschnitten, dass man eine Handynummer abreißen konnte. Es hatte noch sich keiner seiner Kommilitonen eine Nummer eine Nummer genommen und so griff Mark aufs Geratewohl nach einem der Zettelchen. Er hatte sich zunächst nicht viel Hoffnung gemacht, die Stelle zu bekommen, denn gerade die Jobs vom schwarzen Brett waren unter den Studenten wahnsinnig begehrt und immer gleich vergeben. Wahrscheinlich war das Inserat noch ganz neu oder es hatte niemand Lust, in der Nacht zu arbeiten. Mark hingegen war das egal und zudem war seine finanzielle Lage ohnehin prekär, womit ihm dieser Job nur gelegen kam. Marks Eltern waren kurz nach seiner Geburt bei einem Autounfall ums Leben gekommen, weswegen er bis zu seiner Matura bei Tante Frieda und Onkel Hans in Salzburg gelebt hatte. Sein Onkel war an Marks 15. Geburtstag an Krebs gestorben und seine Tante lebte seit zwei Jahren in einem Heim in Salzburg, wo sie wegen ihrer fortgeschrittenen Alzheimererkrankung rund um die Uhr gepflegt werden musste. Mark war gleich nach seiner Matura nach Wien zum Studieren gegangen. Und obwohl er mit dem hektischen Großstadtleben anfangs noch auf Kriegsfuß gestanden war, war er doch heilfroh gewesen, der tristen Einsamkeit in Salzburg entkommen zu sein. Freunde hatte er in Wien allerdings bis jetzt keine gefunden. Die jungen Leute in der Großstadt waren im allesamt zu oberflächlich und konsumgesteuert. Ohne die Ablenkung seitens irgendwelcher partywütigen Studienkollegen würde er gut mit dem Studieren vorankommen, allerdings musste er sich noch Gedanken über ein zusätzliches Fach machen. Nur Geschichte allein würde nicht viel bringen. Mark überlegte, eventuell noch Publizistik zu inskribieren, um später als Journalist oder Auslandskorrespondent arbeiten zu können, aber zumindest hatte er sich mit seinem Geschichtsstudium einen ersten Traum erfüllen können. Er stellte sich für die zwei verbliebenen Runden einen Wecker und verschlief den Rest der Nacht.

Die nächsten zwei Wochen verliefen ereignislos. Mark drehte seine vorgeschriebenen Runden und steckte den Rest der Zeit entweder seine Nase in seine Geschichtsbücher oder in einen der zwei Stephen King Romane, die er sich zur Zeitüberbrückung mitgenommen hatte. Immer mal wieder schlenderte er bei seinen Runden zu den zwei Liften, die auch in die unteren Geschosse führten. Wann immer er jedoch jemanden von seinen Kollegen, nach den Untergeschossen und was dort vor sich ging, fragte, bekam er nur ausweichende Antworten oder die Antwort, dass er oder sie nicht genau wüsste, was dort vor sich ging. Auch diesbezügliche Internetrecherchen brachten Mark kaum weiter. Auf der offiziellen Homepage von Digital Orbit Enterprises war lediglich von Forschungsprojekten auf dem Energiesektor zu lesen. Was genau das bedeutete, wurde nicht erläutert. Mertens hatte ja mal etwas von kalter Fusion erwähnt, aber das konnte sich Mark nicht so richtig vorstellen. Vor 30 Jahren hatten schon mal zwei Forscher großspurig verkündet, dass ihnen die kalte Fusion, also die Verschmelzung von Wasserstoff zu Helium ohne Hitze und Druck, im Reagenzglas gelungen wäre.

Die beiden meinten damals, dass ihnen dieses Kunststück auf elektrochemischem Wege geglückt wäre. Nachdem es allerdings niemandem gelungen war, das Experiment zu wiederholen, kamen Zweifel auf und die diesbezüglichen Forschungen landeten in der Schublade. In der letzten Zeit wurde zwar wieder vereinzelt an dem alten Menschheitstraum herumgetüftelt, aber ein wirklicher Durchbruch zeichnete sich nicht ab. Und Digital Orbit Enterprises war in dem Zusammenhang auch nicht erwähnt worden. Mark nahm sich vor, Mertens bei der nächsten Schichtübergabe nochmals genauer zu befragen. Von irgendwoher musste er das mit der kalten Fusion ja aufgeschnappt haben.

***

Hellmann warf noch einen letzten prüfenden Blick in den Außenspiegel eines unweit des Firmengeländes von Digital Orbit Enterprises geparkten Lieferwagens. Aber seine Sorge war natürlich unbegründet. Seine Verkleidung war so perfekt, dass niemand auf sein wahres Aussehen würde schließen können. In Anbetracht dessen, was er in der nächsten halben Stunde zu tun gedachte, war Hellmann doch etwas nervös – auch im Hinblick darauf, dass er einen Mord begehen würde. Aber in solchen Momenten des Zweifels rief er sich immer in Erinnerung, dass das, was er tun würde im Vergleich zu dem, was sein Tun verhindern würde das weitaus geringere Übel darstellte. Hellmann würde eine Katastrophe ungeahnten Ausmaßes verhindern. Er würde gleichsam Geschichte schreiben, jedoch ohne dass dies Eingang in die Geschichtsbücher finden würde. Man konnte fast sagen, dass Hellmann ein dunkles Kapitel aus der Geschichte tilgen würde. Das erfasste ihn trotz der unangenehmen Dinge, die er tun musste, um das zu bewerkstelligen, doch mit einem gewissen Stolz. Und außerdem sollten seine Mühen auch nicht unbelohnt bleiben. Ihm war ein komplett sorgenfreies weiteres Leben in Aussicht gestellt. Hellmann hatte in den letzten beiden Jahren heimlich Vorkehrungen getroffen, die sein weiteres Leben möglich machen würden. Er hatte sich eine komplett neue Identität mit allem, was dazugehörte geschaffen. Beinahe so, wie jemand, der ins Zeugenschutzprogramm aufgenommen wurde, nur eben ohne die lästige Pflicht der Zeugenaussage. Das einzige, was Hellmann mit etwas Wehmut erfüllte, war, dass er in Zukunft auf gewisse Annehmlichkeiten würde verzichten müssen. Aber auch darauf hatte er sich akribisch vorbereitet und die letzten zwei Jahre genauso verbracht, wie er den Rest seines Lebens verbringen würde. Ein letztes Mal noch zog Hellmann seine Krawatte zurecht, dann hielt er seine Level-3-Zutrittskarte an das Lesegerät und betrat das Firmengelände.

***

Mark hatte von Mertens gehört, dass er heute Nacht von einem Techniker der Anlage im Untergeschoss Besuch bekommen würde. Der Mann, ein gewisser Martin Fleischmann, würde für etwa eine Stunde an seinem Forschungsprojekt arbeiten und dann die Anlage wieder verlassen. Fleischmann würde eine sogenannte Level-3-Zutrittskarte vorweisen, die ihm Zugang zu den unteren Geschossen verschaffen würde. Mark müsste diese Karte mit einem speziellen Lesegerät auf ihre Echtheit überprüfen und im

Anschluss an Fleischmanns Arbeit dokumentieren, dass dieser das Firmengelände wieder verlassen haben würde. Auf Marks Nachfrage, warum dies ausgerechnet in der Nacht stattfinden müsste, hatte Mertens auch keine befriedigende Antwort gewusst. Aber Mark hatte in der Sekunde, als er von Fleischmanns Besuch erfahren hatte, einen folgenschweren Entschluss gefasst. Er würde diese Gelegenheit nützen, um etwas über die strenggeheimen Forschungsarbeiten der Firma in Erfahrung bringen zu können. Gleich nachdem Mertens nach Hause gegangen war, hatte Mark ein paar Vorbereitungen getroffen. Zunächst hatte er die Lifte mit "Out of Order"-Schildern präpariert. Wenn Fleischmann kam, würde er ihn darauf hinweisen, dass die Lifte kaputt wären und ihn zum Treppenhaus begleiten. Wenn Fleischmann auf dem Weg nach unten wäre, würde Mark sich unbemerkt durch die zufallende Türe ebenfalls ins Treppenhaus schleichen und dem Techniker nach unten folgen. Mark würde den Umstand ausnutzen, dass der automatische Schließmechanismus der Treppenhaustür sehr langsam war. Mertens hatte ihm vor einigen Tagen erzählt, dass er so mal einen Blick nach unten werfen konnte. Das war zwar etwas riskant, aber die Aussicht, dem Techniker heimlich über die Schultern schauen zu können, ließ Mark jegliche Vorsicht vergessen. Mertens hatte den Techniker für zwei Uhr morgens angekündigt und jetzt war es 10 vor zwei. Mark hockte gespannt im Nachtwächterhäuschen und wartete. In diesem Moment ahnte er noch nicht, dass sein Leben nach dieser Nacht nicht mehr so sein würde, wie bisher.

***

Hellmann warf einen Blick auf seine Uhr, als er schnellen Schrittes über den Parkplatz ging. Fünf vor zwei. Sein Kontaktmann hatte ihm erzählt, dass heute Nacht ein Student, der erst seit zwei Wochen dabei war, Dienst hatte. Ein Neuling war für Hellmanns Vorhaben geradezu perfekt. Der würde nach so kurzer Zeit nicht seine Anstellung riskieren wollen, indem er ihm irgendwelche Probleme bereitete. Hellmann glaubte zwar nicht, dass ihm der Wachmann Schwierigkeiten machen würde, aber selbst, wenn er den jungen Mann doch würde töten müssen, würde das was er vorhatte sowieso jegliche Spuren beseitigen. Im Gegenteil, wenn sein Vorhaben gelang, würde es danach kein Digital Orbit Enterprises und auch keinen Wachmann mehr geben.

***

Punkt zwei Uhr klopfte es an der Glasscheibe des Pförtnerhäuschens und Mark sah einen Mann im Anzug und mit Aktentasche draußen warten. Fleischmann mochte so um die 40 Jahre alt sein und bei seinem Anblick fühlte Mark sich in die 1970er Jahre zurückversetzt. Fleischmanns sandfarbene Haare reichten bis über die Ohren und er hatte lange Koteletten und einen Schnurrbart. Außerdem trug er eine Hornbrille mit dicken Gläsern, die seine Augen größer erscheinen ließen. Fleischmanns Sakko hatte die für die damalige Zeit üblichen ledernen Ellbogenschoner und auch seine Hosen waren um die Waden etwas ausgestellt. Mark schüttelte die Hand des Technikers und setzte ein beflissenes Lächeln auf.

Na, noch so spät am Arbeiten?

Fleischmann schürzte die Lippen. *Ja, leider! Ich muss heute Nacht ein paar Testreihen überwachen, aber zum Glück dauert das nur eine knappe Stunde.*

Mark fand die Stimme des Technikers für sein Aussehen unpassend hoch, wie als wenn sich der Mann noch im Stimmbruch befände. Aber ansonsten schien Fleischmann recht in Ordnung zu sein. Mark hielt die Ausweiskarte an das Lesegerät, welches diese Aktion mit einem kurzen Piepsen und einer grün aufleuchtenden Diode quittierte. Die Zutrittskarte war demnach in Ordnung und Mark durfte ihn nach unten lassen.

Ich habe allerdings eine schlechte Nachricht für Sie. Heute sind die Lifte ausgefallen, Sie müssten also die Treppe nehmen.

Ach ja, das ist kein Problem, das kommt öfter mal vor. Und ein bisschen Stiegen steigen wird mir auch guttun!

Mark beobachtete Fleischmann genau und ihm war, als würde nur für einen kurzen Moment Argwohn in seinen Augen aufblitzen. Aber bevor er sich Sorgen machen konnte, war der Moment auch schon wieder vorüber. Er begleitete den Techniker zum Treppenhaus und erwähnte, wie nebenbei, dass das Vorschrift wäre. Fleischmann nickte nur. Gleich neben den Liften gab es zwei Türen, die zu zwei Treppenhäusern führten. Das Ungesicherte führte nach oben in die Büroetagen, das andere war mit einem Kartenlesegerät versehen. Damit war sichergestellt, dass niemand unbefugt aus dem Bürotrakt übers

Stiegenhaus in die unteren Geschosse gelangen konnte. Mark verabschiedete sich von Fleischmann und wandte sich zum Gehen. Der Techniker hielt ohne sich nochmals umzudrehen seine Zutrittskarte an das Lesegerät und verschwand im Treppenhaus. Mark wartete drei Sekunden und schlüpfte dann ebenfalls durch die sich langsam schließende Türe. Gleich hinter der Türe drückte Mark sich in eine dunkle Ecke, aber Fleischmann war schon außer Sicht. Der wollte wohl rasch wieder nach Hause und hatte sich dementsprechend beeilt nach unten zu kommen. Mark wartete noch ein paar Sekunden und lief dann ebenfalls, so leise wie möglich die Treppen hinunter.

Eine zufallende Tür verriet ihm, dass Fleischmann ins zweite Untergeschoss gegangen war. Mark hoffte, dass diese Tür nicht ebenfalls durch ein Magnetschloss gesichert war, denn das hätte seinen heimlichen Ausflug mangels Zutrittskarte vorzeitig beendet. Die Türe war zum Glück ungesichert und Mark schlüpfte so leise, wie möglich hindurch. Der Gang dahinter war mit nackten Leuchtstoffröhren beleuchtet, an der niedrigen Decke wanden sich bunte Kabelstränge und ein Lüftungsrohr führte vom einen zum anderen Ende. Das Rohr konnte man ob der niedrigen Decke fast mit den Fingern berühren. Der Gang führte zu einer zentimeterdicken Panzerglastüre. Mark spähte vorsichtig durch das dicke Glas, das zusätzlich noch mit einem Metalldraht verstärkt war. Die Tür wies in der Mitte, ungefähr auf Brusthöhe eine Durchreiche für Dokumente und Ähnliches auf und sie war zu Marks Schrecken mit einem Magnetschloss gesichert. Jetzt wurde ihm auch klar, warum die Gangtüre nicht auch noch gesichert war. Einfach, damit Techniker ohne die Level 3-Berechtigung benötigte Materialien durch die Durchreiche weitergeben konnten. Mark war einigermaßen enttäuscht, hatte er sich doch erhofft, hautnah am Geschehen sein zu können. So musste er sich mit einem verschwommenen Blick durch das Panzerglas begnügen. Er sah Fleischmann mit dem Rücken zur Tür an einer Computerkonsole stehen und angestrengt auf den Bildschirm starren. Seine Finger flogen derweil über die Tastatur, um offenbar irgendwelche für die Testreihe benötigten Parameter einzugeben. Plötzlich wurde es im ganzen Untergeschoss einen Moment lang stockdunkel, sodass Mark schon an einen Stromausfall dachte. Die Dunkelheit wechselte jedoch urplötzlich zu einer düsteren roten Beleuchtung und irgendein Energieaggregat unter ihm fing zu rumoren an. Der Boden zitterte ganz leicht und die Beleuchtung ging in ein rotes Flackern über. Es fühlte sich an, als würde eine starke Energiequelle hochgefahren.

***

Hellmann überprüfte nochmals die Daten, die er in den Computer eingegeben hatte. Da durfte ihm nicht auch nur der kleinste Fehler unterlaufen. Ein solcher hätte fatale Konsequenzen für ihn und möglicherweise auch für andere. Es passte jedoch alles. Hellmann richtete sich zufrieden auf und ließ den Moment kurz auf sich wirken. Leichte Nervosität stieg in ihm auf und obwohl das nicht sein erster Trip war, war er jedes Mal leicht aufgeregt. Wenn alles glatt ging, würde das allerdings sein letzter Trip und der letzte Trip überhaupt sein. Angesichts dessen fühlte Hellmann wieder Stolz in sich aufwallen. Los geht's, dachte er und hieb mit seinem rechten Zeigefinger auf die Enter-Taste des Keyboards.

***

Mark spürte plötzlich einen Ruck durch das Gebäude fahren, dann wurde ihm einen Moment lang so schwindlig und übel, dass er schon glaubte, sich gleich hier am Gang übergeben zu müssen. Aber dieser Moment war so schnell vorbei, wie er gekommen war. Und plötzlich geschah etwas, dass Mark, wenn es ihm jemand erzählt hätte, nicht geglaubt hätte. Aber er war mitten im Geschehen und so sah er, dass sich der Gang, in dem er stand, plötzlich in die Länge zog. Die Glastüre, an die er gerade noch seine Nase gepresst hatte, um das Geschehen dahinter beobachten zu können, war von einem Moment auf den anderen plötzlich meterweit von ihm entfernt. Und der Raum schien sich noch weiter zu dehnen. Mark fühlte sich wie in einem dieser verrückten Zimmer auf einem Jahrmarkt, wo alles schief stand und man das Gefühl hatte, der Boden würde einem unter den Füßen weggezogen. Er stolperte in Richtung der sich weiter entfernenden Glastür und dann wurde alles um ihn herum schwarz.

***

Hellmann wappnete sich gegen den Schwindel und die Übelkeit, als sich der Raum vor ihm auch schon zu dehnen begann. Er machte diesen Trip zwar nicht zum ersten Mal, aber der sich dehnende Raum, kurz vor dem

Übergang erstaunte ihn immer wieder aufs Neue. Im nächsten Moment war es vorbei und das Untergeschoss von Digital Orbit Enterprises war verschwunden. Hellmann fand sich mit einem Mal auf einer Wiese in einem Park wieder. Er wandte den Kopf nach rechts und konnte den Donauturm sehen. Der Trip hatte einwandfrei funktioniert. Hellmann hielt sich jedoch nicht lange mit den örtlichen Begebenheiten auf, sondern richtete seinen Blick auf den Gehweg neben der Wiese. In etwa 50 Metern Entfernung schlenderte eine junge Frau mit einem Kinderwagen den sanft gewundenen Weg entlang. Hellmann blickte sich kurz um. Um diese Tageszeit, es mochte vielleicht 11 herum sein, waren zum Glück nicht viele Menschen im Park unterwegs. Er zog eine Pistole mit Schalldämpfer aus der Sakkotasche und näherte sich von hinten der Frau.

***

Nach dem Moment der allumfassenden Schwärze kehrte Mark mit einem Ruck wieder in die Realität zurück. Es war heller Tag und Mark musste einen Moment lang geblendet die Augen zukneifen. Der niedrige Gang und die Glastür waren verschwunden und hatten einem Park Platz gemacht. Mark stand auf einer Wiese, neben der sich ein asphaltierter Gehweg schlängelte. Er kniff noch einmal die Augen zu und öffnete sie dann wieder blinzelnd, wie als würde er noch schlafen und dadurch den Traum verscheuchen können. Als Mark die Augen wieder öffnete, waren der Park und die Wiese nach wie vor da. Aber wie konnte das sein? Eben noch war er in dem unterirdischen Gang von Digital Orbit Enterprises gestanden und im nächsten Moment fand er sich hier. Marks Verstand arbeitete auf Hochtouren, versuchte das Geschehene zu verstehen. Hatte ihm jemand möglicherweise Drogen verabreicht – vielleicht dieser Fleischmann? Nein, er konnte das weiche Gras unter seinen Füßen spüren, die Luft riechen und die Vögel zwitschern hören. Das war alles real. In einer durch Drogen induzierten Halluzination müsste alles eher verschwommen wirken – so stellte er sich das zumindest vor, er hatte selbst noch keinen Drogenrausch miterlebt. Eine Erklärung wäre noch ein Black Out – vielleicht hatte er sich in dem Durcheinander den Kopf gestoßen und hatte im Taumel das Firmengelände verlassen. Eine schöne Theorie, als Mark jedoch Fleischmann einige Schritte vor sich auf dem Gehweg entdeckte, löste sich diese Theorie jedoch schnell wieder in Luft auf. Sollte der Techniker nicht zufällig ebenfalls ein Black Out erlitten haben und ganz zufällig auch hier im Park gelandet sein, dann musste es noch eine andere Erklärung geben.

Mark sah, wie Fleischmann vor ihm in einen leichten Laufschritt verfiel und gleichzeitig einen länglichen metallisch schimmernden Gegenstand aus der Sakkotasche zog – eine Pistole mit aufgeschraubtem Schalldämpfer. Er wusste sofort, dass Leute mit solchen Waffen meist nichts Gutes im Schilde führten und so hielt er sich nicht länger damit auf, nachzugrübeln, wie er in diese Situation geraten war, sondern setze sich ebenfalls in Bewegung.

***

Hellmann war seinem Ziel so nahe, wie nie zuvor. Er war nur noch ein paar Schritte und zwei Leichen von seinem neuen Leben entfernt. Nachdem er die junge Frau samt ihrem Kind erledigt haben würde, musste er nur noch seine Verkleidung loswerden und in Richtung Donauturm flüchten. Auf der dortigen Zufahrtsstraße wartete schon sein Kontaktmann in einem schwarzen Mercedes, um ihn mitzunehmen. Die beiden Mordopfer würden sicherlich eine Zeit lang die Polizei und die Presse beschäftigen, aber niemand würde ihn verdächtigen. Der Zeitpunkt und der Ort seiner Tat waren tatsächlich perfekt ausgewählt! Plötzlich ertönte ein lautes Rufen hinter Hellmann. Er wirbelte im Laufen herum und erblickte zu seinem Schrecken den jungen Wachmann von Digital Orbit Enterprises auf ihn zustürmen. Der Typ war ihm offenbar aus Neugierde bis ins Forschungslabor gefolgt und dann ebenfalls ins Übergangsportal gezogen worden. Das war natürlich ärgerlich, aber Hellmann würde sich durch nichts und niemanden von seinem Plan abbringen lassen. Das war zwar nicht so vorgesehen gewesen, aber dann musste der Junge eben auch sterben. Was musste der auch seine Nase in fremde Angelegenheiten stecken! Er schwenkte die Pistole kurzerhand herum und feuerte zweimal in Richtung des Wachmanns. Inzwischen war die junge Frau auf den Trubel aufmerksam geworden und blieb verwundert stehen. Als sie die Waffe in Hellmanns Hand erblickte, weiteten sich ihre Augen vor Schreck.

***

Mark sah die Mündung der Pistole zweimal aufblitzen. Ein Geschoss ließ die Erde keine zwei Meter vor ihm aufspritzen, als es in den Boden fuhr. Das zweite Projektil zischte nur um Haaresbreite an seinem linken Ohr vorbei. Mark überlegte sich, dass es zum Weglaufen längst zu spät war – jetzt musste er Fleischmann irgendwie überwältigen, wenn er sich und die junge Frau heil aus der Situation herausbringen wollte. Er musste schnell irgendwas finden, dass er als Waffe gebrauchen konnte, um zumindest ein klein wenig seine Chancen zu verbessern. Mark packte einen ungefähr hühnereigroßen Stein vom Wegesrand, als Fleischmann seine Waffe gerade auf die Frau richtete. Ohne lange zu überlegen, schleuderte er den Stein in Richtung des Schützen.

Dann überschlugen sich die Ereignisse. Der Stein traf den Techniker mit voller Wucht hinter dem rechten Ohr und ließ ihn taumeln. Die Frau überwand ihre Schreckstarre und rammte den gestrauchelten Techniker kurzerhand mit dem Kinderwagen. Hellmann ging zu Boden und presste eine Hand auf die Wunde an seinem Schädel. Er spürte warmes Blut zwischen seinen Fingern – sein Blut! Er überlegte noch, wie dieser an sich so leichte Job so dermaßen hatte schiefgehen können, dann wurde ihm schwarz vor Augen. Mark kam herangestürmt, packte nochmals den Stein und drosch ihn so lange immer wieder gegen Fleischmanns Kopf, bis dieser sich nicht mehr rührte. Er starrte noch einige Sekunden lang auf die blutige Masse, die einmal Fleischmanns Kopf gewesen war, neigte dann den Kopf nach links und erbrach sein Abendessen auf den Rasen. Währenddessen begann das Baby in seinem Wagen zu schreien. Es war offenbar angesichts des Tumultes aufgewacht und machte nun lautstark seinem Ärger darüber Luft.

Unweit dieser Szenerie hockte eine schattenhafte Gestalt in einem Gebüsch und beobachtete das Geschehen durch das Zielfernrohr eines Präzisionsgewehrs. Nachdem sich der Ablauf, entgegen seiner Informationen, nun so grundlegend geändert hatte, würde er erst mal auf neue Instruktionen warten. Der Mann holte eine großformatige Kamera aus seinem Rucksack und schoss einige Fotos des Geschehens. Kurz nachdem die Polizei eingetroffen war, packte die Gestalt ihr Equipment in einen mitgebrachten Rucksack und verschwand unauffällig in Richtung Donau.

***

In einem fensterlosen, mit technischen Geräten vollgestopften Büro saß ein junger pockennarbiger Techniker mit dicken Brillengläsern vor einem Bildschirm und beobachtete gleichzeitig eine Satellitenaufnahme, sowie eine darüber eingeblendete Zeitanzeige. Dann wandte er sich zu einem Mann mit grauem Haarkranz um und schüttelte den Kopf. Der Glatzkopf zückte sein Handy und sprach ein paar Worte auf Englisch in das Mikro seines Telefons. Zwei Stockwerke tiefer legte ein weiterer Techniker einen roten Umschlag in einen Glaswürfel und drückte einen Knopf an seiner Konsole.

***

Der schwarze Mercedes stand mit laufendem Motor auf dem kleinen Parkplatz neben dem Donauturm. Der Fahrer blickte auf die Digitalanzeige seiner Uhr und entnahm dann einen roten Umschlag dem Handschuhfach des Mercedes. Er las die kurze Nachricht und verbrannte diese dann kurzerhand samt Umschlag. Hellmann hatte versagt – jetzt war er an der Reihe. Der Fahrer legte den Gang ein, verließ den Parkplatz.

***

Die Luft in der kleinen Polizeiwachstube in Kagran war zum Schneiden stickig und auch der sich langsam drehende Deckenventilator vermochte daran wenig zu ändern. Mark und die junge Frau hatten am Schreibtisch eines leicht übergewichtigen, kahlwerdenden jungen Polizeibeamten Platz genommen. Der Polizist rauchte unablässig und hackte derweil mit zwei Fingern ein Protokoll in die Tasten einer alten Schreibmaschine. Er stellte nur ab und zu einige wenige Fragen und betonte immer wieder, dass das nur reine Routine wäre und die Angelegenheit sowieso sonnenklar war. Aufgrund der Zeugenaussage eines Joggers, der zufällig an der Szene vorbeigekommen war, hatte sich die Sache einwandfrei als Notwehr dargestellt. Aber das Protokoll war trotzdem Vorschrift. Mark hörte den Ausführungen des Polizisten nur am Rande zu. Ihn beschäftigte etwas anderes viel mehr. Nachdem die Polizei am Tatort eingetroffen und sein Schockzustand langsam abgeklungen war, hatte Mark ein paar Entdeckungen gemacht, die sein Blut in den Adern hatte gefrieren lassen. Er hatte zwar aufgrund des Donauturms rasch bemerkt, dass er sich im Donaupark befand. Nur da, wo sich eigentlich die Donau City hätte befinden sollen, war nur Grünfläche zu sehen gewesen. Viel schockierender noch war allerdings der Anblick der sich gerade im Bau befindlichen Uno City gewesen. Auch als er auf dem kurzen Weg zum Polizeirevier, aus dem Fenster des Streifenwagens gesehen hatte, war sein Blick auf ein komplett verändertes Stadtbild gefallen. Mark fand zwar keine vernünftige Erklärung dafür, aber offenbar waren alle moderneren Gebäude verschwunden und die Stadt mit einem Mal um Jahrzehnte gealtert. Und zu schlechter Letzt war dann in der Wachstube auch noch sein Blick auf den Wandkalender gefallen. Laut diesem Kalender war heute Donnerstag, der 29. Juli 1976. Mark wollte den Polizisten schon nach dem aktuellen Datum fragen, traute sich aber dann doch nicht. Bis jetzt hatte der Polizist ihn noch nicht nach einem Ausweis gefragt. Der Beamte würde sicher große Augen machen, wenn er das Datum auf Marks Führerschein entdeckte. Er hoffte ja immer noch, dass das alles nur ein irrer Traum war und er demnächst in seinem Nachtwächterhäuschen bei Digital Orbit Enterprises aufwachen würde, um seine nächste Runde zu drehen. Doch diese Hoffnung schwand mit jedem erschreckenden Detail, dass sich Mark offenbarte und ihm auf schmerzhafte Weise klarmachte, dass er offensichtlich ein Zeitreisender war. Abgesehen davon, dass das schlicht und ergreifend nicht möglich war und gegen jede Logik verstieß, wurde Mark nun zweierlei klar. Erstens wusste er nun, woran Digital Orbit Enterprises in Wahrheit geforscht hatte und zweitens war das 1970er-Outfit von Fleischmann – Mark bezweifelte, dass der Techniker wirklich so hieß – nur Tarnung und Teil eines lange vorbereiteten Plans gewesen. Mark war zwar noch nicht klar, warum jemand in die Vergangenheit reiste, um dort einen Mord zu begehen, aber er nahm sich vor, eben dieses herauszufinden. Das Geräusch des aus der

Schreibmaschine gezogenen Protokollbogens riss Mark aus seinen Überlegungen. Der dickliche Polizist wischte sich den Schweiß von der Stirn und legte dann sorgfältig je einen der zwei Durchschläge des Protokolls in ein anderes Ablagefach auf seinem Schreibtisch. Das Original reichte er einem Kollegen. Dann wandte er sich mit einem freundlichen Lächeln auf den Lippen Mark und der jungen Frau zu.

So, wenn ich Sie beide jetzt noch um einen Ausweis bitten dürfte.

Während die junge Frau in ihrer Handtasche zu kramen begann, räusperte sich Mark. *Ähm, kann ich den Ausweis nachbringen, ich habe ihn zu Hause vergessen.*

Aber ja, kein Problem, melden Sie sich einfach in den nächsten Tagen wieder bei uns auf der Wache.

Damit war das Thema erledigt – vorerst. Die beiden durften das Polizeikommissariat verlassen. Mark trat auf die heiße und staubige Wagramer Straße hinaus und blickte sich um. Auch hier waren alle modernen Gebäude verschwunden und auch die Trasse der U1, die die Straße eigentlich in zwei Hälften teilen sollte, existierte noch nicht. Mark wandte sich auf dem Gehsteig vor der Polizeiwache nach links und rechts und wusste nicht so recht, wohin er jetzt gehen oder was er jetzt tun sollte. Da tippte ihm eine Hand auf die Schulter. Als Mark sich umwandte, stand die junge Frau mit dem Kinderwagen hinter ihm und wiegte das Baby auf dem Arm. Sie musste noch recht jung sein, vielleicht 19 oder 20, hatte lange, glatte, schwarze Haare, die mit einem Gummiring zu einem Pferdeschwanz zusammengebunden waren. Außerdem trug sie ein geblümtes, kurzes Sommerkleid und Sandalen.

Ich wollte mich nochmal bei dir bedanken. Wenn du nicht gewesen wärst, wären der Kleine und ich jetzt sicher tot.

Kein Problem, das nennt man wohl Zivilcourage.

Was hast du jetzt vor? Ich meine, wenn du Zeit hättest, würde ich dich gerne auf einen Kaffee einladen. Das wäre das Mindeste.

(Tja, weißt du, ich hab gerade eine echt anstrengende Zeitreise hinter mir und muss mich jetzt erst mal akklimatisieren. Aber ein andermal gern. Außerdem bin ich neuerdings obdachlos, da meine verdammte Wohnung, die übrigens noch gar nicht abbezahlt ist, erst in 30 Jahren gebaut wird.)

Mark musste grinsen. Das Ganze war so verrückt, dass es schon fast wieder lustig war.

Was ist denn so lustig?

Ach nichts, war nur ein ziemlich verrückter Tag für meinen Geschmack. Kaffee ist eine super Idee. Wo gehen wir hin? Ich kenne mich hier nicht so richtig aus.

Bist du nicht von hier? Die junge Frau zog eine Braue hoch.

Ja und nein, also, ich meine, ich bin noch etwas aus der Spur. Ich glaube, mir steckt noch ziemlich der Schock in den Knochen, wenn du weißt, was ich meine.

Mark legte unbewusst die Arme um sich. Trotz der hohen Temperaturen fröstelte ihn leicht.

Natürlich, das ist ja auch logisch, nachdem, was heute alles vorgefallen ist. Ich kenne ein nettes, kleines Kaffeehaus nicht weit von hier. Die haben dort einen wunderbaren Häferlkaffee.

Das Mädchen machte eine einladende Geste und Mark entspannte sich wieder etwas. Einen Kaffee konnte er jetzt tatsächlich gut gebrauchen.

Na dann los.

Ach ja übrigens, ich bin die Sylvia und du? Sie streckte ihm eine zierliche Hand entgegen, die Mark vorsichtig in seine nahm.

Mark, nett dich kennenzulernen, wenn auch unter etwas verrückten Umständen.

Sylvia hängte sich, wie selbstverständlich bei Mark unter und zog ihn stadteinwärts.

***

Manfred Gerlach hatte das Diagnoseprogramm nun schon zum dritten Mal komplett durchlaufen lassen, aber das Ergebnis der Parameteranalyse war jedes Mal gleich gewesen. Er wollte es trotzdem kaum glauben. Laut den Zahlen auf seinem Computerbildschirm war Michaelis ins Jahr 1888 gereist. Genauer gesagt war er dort am 31.

August 1888 um 14:45 Uhr angekommen. Das Diagnoseprogramm lieferte zwar keine Ortsangabe, aber dafür die genauen Koordinaten. Insofern hatte der Test funktioniert, nur nicht so, wie Gerlach das geplant hatte. Eigentlich hätte Michaelis nur einige Minuten in die Zukunft reisen sollen. Schon, während der Test noch am Laufen war, hatte Gerlach bemerkt, dass etwas schief gegangen sein musste, denn eigentlich hätte Michaelis wieder ankommen müssen, bevor der Test überhaupt gestartet worden war. Denn wenn man einen Gegenstand, ob belebt oder nicht in die Zukunft schickt und der Abreiseort ist mit dem Zielort ident, dann kommt der Gegenstand an, bevor er noch seine Zeitreise antritt. Zur Sicherheit ließ Gerlach das Analysetool noch ein viertes Mal durchlaufen, aber das änderte natürlich nichts am Ergebnis. Gerlach lehnte sich in seinem Bürostuhl zurück und starrte noch einen Moment lang auf den Bildschirm. Dann öffnete er die unterste Schublade an seinem Schreibtisch und kramte eine Weile darin herum. Ganz hinten unter einem Stapel alter Compact Discs fand er eine ziemlich zerknautschte Packung Marlboro, in der sich noch vier Zigaretten befanden. Gerlach steckte einen der Glimmstängel in den Mund und entzündete ihn mit einem Streichholz. Er hatte vor bald zehn Jahren das Rauchen aufgegeben und wappnete sich vor dem unvermeidlichen Hustenanfall. Während er den Rauch Richtung Decke blies, wurde Gerlach eines klar. Er konnte mit diesen Erkenntnissen unmöglich an seine Kollegen herantreten, dazu war die Sache viel zu brisant. Besonders dieser Harald Liebknecht würde ihm die Hölle heißmachen. Er hatte dem Testlauf mit Michaelis ohnehin nur mit Widerwillen zugestimmt. Wenn jetzt herauskam, dass Michaelis in der Vergangenheit herumirrte und damit möglicherweise unbeabsichtigt die Zukunft veränderte und damit im schlimmsten Fall ein Zeitparadoxon auslöste, wäre das für Liebknecht ein gefundenes Fressen. Gerlach hatte sowieso den Verdacht, dass sein Kollege nur nach einem Vorwand suchte, um ihn als inkompetent hinzustellen und die Projektleitung an sich zu reißen. Gerlach speicherte die Daten des Diagnoseprogramms auf einem gesicherten Laufwerk ab, auf das nur er Zugriff hatte. Bevor irgendetwas durchsickern durfte, musste Gerlach erst noch etwas erledigen. Aufgrund dieser unerwarteten Wendung blieb ihm gar nichts anderes übrig, als selbst in die Vergangenheit zu reisen, um zu sehen, was mit Michaelis geschehen war. Er dämpfte die Zigarette aus und veränderte in einem Untermenü des Diagnoseprogramms einige Parameter so, dass das Programm bei einer neuerlichen Analyse zu keinem Ergebnis kommen würde. Anschließend ließ er vier weitere Analysen starten und speicherte die Ergebnisse am regulären Firmenlaufwerk ab. Für heute konnte Gerlach nicht mehr tun, aber er nahm sich vor in einer der nächsten Nächte, wenn sonst niemand mehr anwesend sein würde, eine weitere Zeitreise zu unternehmen. Und zwar würde er anhand der Koordinaten an genau denselben Ort reisen, wie Michaelis, nur würde er fünf Minuten davor ankommen.

***

Peter Ebner lenkte den schwarzen Mercedes in die letzte Parklücke einer kleinen Seitengasse unweit des Gürtels. Obwohl in dieser Zeit noch nicht so viele Autos in Wien unterwegs waren, hatte er doch einige Mühe gehabt, einen Parkplatz zu finden. Das Haus, in dem die Organisation für ihn, für die Zeit seines Einsatzes die Wohnung angemietet hatte, war zu Anfang des Jahrzehnts erbaut worden und wirkte noch dementsprechend neu im Gegensatz zu den Nachbargebäuden, die noch aus der Gründerzeit stammten. Die Wohnung befand sich im vorletzten Stockwerk, dass er mangels eines Lifts zu Fuß erklimmen musste. Die Wohnung selbst war bis auf ein Bett und eine Couch samt dazugehörigem Tischchen, sowie einem kleinen Kühlschrank unmöbliert. Ebner setzte sich auf die Couch und zündete sich eine Zigarette an. Er nahm einen tiefen Zug und schnippte die Asche achtlos auf den Boden. Nachdem Hellmann so kläglich versagt hatte, musste er die Sache nun in die Hand nehmen. Er hatte die Anweisung, sich erst mal eine Zeit lang ruhig zu verhalten, bis etwas Gras über die Sache gewachsen war. Außerdem sollte sich die Zielperson in Sicherheit wiegen. Dann würde er zuschlagen. Und er würde es nicht versauen, so viel war klar. Ebner hatte immer schon gerne getötet. Er hatte im zarten Alter von sechs Jahren angefangen, Tiere zu quälen. Er hatte mit Insekten angefangen, die er mit einem Vergrößerungsglas verbrannte. Später kamen Mäuse und andere kleine Nager dazu, die Ebner vorzugsweise noch lebend vergrub. Er hatte dazu ein kleines Waldstück hinter seinem Elternhaus als Tötungsplatz auserkoren. Nachdem er die Tiere getötet hatte, war er in regelmäßigen Abständen wieder dorthin gegangen, um den Tierkadavern beim Verwesen zuzusehen. Irgendwann, Ebner war inzwischen 10 Jahre alt, hatten ihm Tiere nicht mehr ausgereicht. Die Nachbarn seiner Eltern hatten einen fünfjährigen Sohn. Ebner freundete sich mit dem Jungen an und verbrachte viel Zeit mit ihm. Eines Tages dann holte er den Kleinen vom Kindergarten ab und versprach ihm eine Überraschung. Der Kleine war ganz aufgeregt und wurde deshalb auch nicht misstrauisch, als Ebner ihn in das kleine Waldstück zu seinem Tötungsplatz führte. Erst als der Junge den leichten Verwesungsgeruch wahrnahm, der seit Ebners Treiben über dem Platz in der Luft hing, wurde im mulmig zumute und er bat, nach Hause gehen zu dürfen. Aber da war es freilich bereits zu spät. Ebner brach dem Jungen mit einem gezielten Schlag das Rückgrat, sodass er zwar noch lebte, sich aber nicht mehr bewegen konnte. Dann setzte er sich auf einen umgefallenen Baumstamm und sah dem Kleinen beim Sterben zu. Der Junge verdurstete schließlich und Ebner verscharrte ihn im Waldboden. Erst als Wanderer sich über den durch den Waldboden ziehenden Verwesungsgestank wunderten, wurde die Polizei auf Ebner aufmerksam. Die ganzen Tierleichen und auch der Junge wurden schließlich gefunden. Die Leichen waren zwar zum Teil von aasfressenden Tieren wieder ausgegraben worden, aber man fand noch etliche Knochen – auch von dem Nachbarsjungen. Da Ebner noch ein Kind und somit nicht strafmündig war, wurde er seinen Eltern vom Jugendamt weggenommen und musste eine Therapie machen. Ebner wuchs dann in einer psychiatrisch betreuten Einrichtung für jugendliche Problemkinder auf und wurde weiterhin psychologisch betreut.

Als er 18 Jahre alt wurde, durfte er die Anstalt als geheilt geltend verlassen. Ebner war jedoch viel schlauer als man es ihm zutraute und so hatte er sämtliche seiner Betreuer und Ärzte täuschen und von seiner Heilung überzeugen können. Ebner hatte danach maturiert und ein technisches Studium absolviert. Mit Ende 20 hatte er einen Job als Techniker bei Digital Orbit Enterprises angenommen und war ob seiner brillanten Fähigkeiten als Techniker schnell in die geheime Abteilung für Zeitreiseforschung aufgenommen worden. Zwei Wochen danach hatte ihn sein Vorgesetzter zu sich bestellt und ihn mit der geheimen Organisation innerhalb von Digital Orbit Enterprises vertraut gemacht. Ebner hatte sich für seine Vorgesetzten daraufhin als ebenso gewissenloser, wie fähiger Mitarbeiter präsentiert, der seine Aufträge mit einer tödlichen Präzision und Zielstrebigkeit abarbeitete.

***

Sylvia führte Mark in ein kleines Kaffeehaus am Kagraner Platz. Sie setzten sich in eine gemütliche Nische im hinteren Teil des Gastraumes und Sylvia bestellte für beide einen Häferlkaffee und eine Flasche Mineralwasser. Dann hob sie das Baby aus dem Kinderwagen und nahm es auf den Schoss. Mark sah sich derweil ein wenig in dem Café um und stellte fest, dass der Gastraum nicht, wie zu seiner Zeit üblich in einen Raucher- und einen Nichtraucherbereich getrennt war. Er erinnerte sich, dass die 1970er-Jahre noch ein Paradies für Raucher waren, wo selbst auf Plakaten und im Fernsehen noch ungeniert Werbung für Rauchwaren gemacht wurde.

Wie heißt denn der Kleine?

Das ist der Gerry, also eigentlich Manfred. Aber ich nenn ihn bloß Gerry. Sylvia strich dem Jungen liebevoll über die noch dünnen, schwarzen Härchen.

Herzig! Wie alt ist er denn? Mark streckte dem Kleinen seinen linken Zeigefinger hin, den dieser auch gleich begeistert mit seiner winzigen Hand umfasste.

Nächsten Monat wird er ein Jahr alt.

Und wo ist der Papa?

Sylvia setzte eine nachdenkliche und etwas wehmütige Miene auf. *Das ist eine wirklich gute Frage! Als ich ihm von seinen Vaterfreuden erzählt hab, hat er gemeint, dass er noch was Dringendes zu erledigen hätte und sich dann bei mir melden würde. Seitdem habe ich nichts mehr von ihm gehört.*

Sehr feiner Zug! Ein Alimentationsflüchtling. Mark schüttelte verständnislos den Kopf.

Offensichtlich. Aber im Endeffekt bin ich ganz froh, dass ich mit dem nichts mehr zu tun habe. Gerrys Vater war eine Partybekanntschaft. Das Ganze war wohl eine "b'soffene G'schicht", wie man so schön sagt. Wir waren halt jung und uns der Konsequenzen nicht bewusst. Ich habe dann trotz meiner fortgeschrittenen Schwangerschaft noch die Matura gemacht, worauf ich echt stolz bin. Und wenn der Kleine aus dem Gröbsten 'raus ist möchte ich unbedingt auf die Uni.

Klingt doch gut! Was möchtest du studieren?

Ich weiß noch nicht so recht, da bin ich noch unschlüssig. Psychologie würde mich interessieren oder Philosophie. Ich werde das, glaube ich, spontan entscheiden.

Sylvia nahm einen Schluck von ihrem Kaffee und wischte sich anschließend den Milchbart von der Oberlippe. *Ich bin überhaupt ein sehr spontaner Mensch. Ich denke nicht lange nach, bevor ich was tue. Sieht man eh an dem Kleinen. Und du, was machst du?*

Ich studiere Geschichte und bin jetzt im sechsten Semester. Mark hätte das beinahe in der Zukunftsform gesagt, beherrschte sich aber rechtzeitig. Er wusste, dass er irgendwann mit der Wahrheit rausrücken musste, aber er wollte auch nichts überstürzen.

Wow, da hast du's ja bald geschafft! Was hast du dann vor?

Gute Frage! Auslandskorrespondent würde mich interessieren. Nur müsste ich dafür auch noch Publizistik studieren. Ich weiß echt noch nicht.

Was ist mit Geschichtslehrer?

Mark verzog leicht angewidert das Gesicht. *Lehramt? Nein, das kommt für mich definitiv nicht infrage! Ich glaube, ich eigne mich nicht zum Pädagogen. Dafür bin ich zu ungeduldig. Aber, ich habe ohnehin noch ein gutes Jahr vor mir. Ist noch ein bisschen Zeit. Im Moment hab ich sowieso ganz andere Probleme...*

Was plagt dich denn? Ich wollte sowieso mit dir reden. Mir ist aufgefallen, dass du irgendwie ständig nervös wirkst, unter Druck stehst. Was ist denn passiert?

Ich denke, du solltest wirklich Psychologie studieren. Du kannst echt gut zuhören und hast auch eine scharfe Beob-

achtungsgabe. Ja, ich stehe tatsächlich vor einem ziemlichen Problem.

Na, dann erzähl doch! Sylvia nahm seine Hand in die ihre und warf ihm einen aufmunternden Blick zu.

Ich weiß nicht, du würdest mir sowieso nicht glauben.

Aber geh! So unglaublich kann das doch nicht sein.

Es ist noch viel unglaublicher! Außerdem will ich dich nicht auch noch mit meinen Wehwehchen belasten. Du hast eh selbst genug zu meistern.

Kommt nicht infrage! Du kannst mir nicht den Mund wässrig machen und dann einfach nichts sagen. Sylvia verschränkte die Hände vor der Brust und lehnte sich zurück. *Ich warte...*

Da hatte sich Mark ja was Schönes eingebrockt. Wie überzeugt man jemanden davon, dass man aus der Zukunft kommt, ohne sich zu einem kompletten Idioten zu machen? Sylvia musste ja einfach denken, dass er entweder total plemplem war oder sich über sie lustig machen wollte. Andererseits stand er tatsächlich vor einem veritablen Problem. Er konnte sich nicht ausweisen und hatte Geldscheine in der Tasche, die frühestens in 25 Jahren gedruckt werden würden. Also konnte er sich aussuchen, ob er zuerst wegen Urkundenfälschung hinter Gitter kam oder mangels eines gültigen Zahlungsmittels verhungern müsste. Sylvia war seine einzige Chance, sich in dieser Zeit zurechtzufinden, überleben zu können. Nur wie, um alles in der Welt konnte er sie davon überzeugen, dass er tatsächlich ein Zeitreisender war. Er konnte es ja selbst noch kaum glauben. Dann fiel ihm der Wandkalender auf der Polizeidienststelle wieder ein. Welches Datum hatte der angezeigt? Na klar, heute war doch der 29. Juli 1976. Mark wusste, dass am Sonntag, den 1. August 1976, die Reichsbrücke eingestürzt war oder besser gesagt einstürzen würde. Wenn er dieses Ereignis vorhersagen könnte, könnte er Sylvia möglicherweise davon überzeugen, dass Zeitreisen doch möglich waren.

Also gut, ich rede. Aber ich warne dich vor, die Geschichte, die du gleich zu hören bekommen wirst, ist das Verrückteste, dass dir jemals in deinem Leben zu Ohren kommen wird!

Also jetzt hast du mich wirklich neugierig gemacht. Los, raus damit!

Du kennst doch bestimmt die Reichsbrücke.

Klar kenn ich die, aber was hat das mit deinem Dilemma zu tun.

Nur Geduld, du wirst es gleich verstehen! Also, was würdest du sagen, wenn ich dir jetzt erzähle, dass die Reichsbrücke am kommenden Sonntagmorgen einstürzen wird. Mark beobachtete genau Sylvias Gesichtsausdruck, aber sie sah ihn nur etwas zweifelnd an.

Aha, sehr schön! Und woher willst du das wissen?
 Das ist genau die richtige Frage, woher weiß ich das? Es gibt jetzt genau drei Möglichkeiten für dieses Rätsel.
 Möglichkeit 1: Ich selbst bringe die Brücke zum Einsturz, etwa durch eine Bombe. Dann ist es logisch, dass ich davon weiß.

Möglichkeit 2: Ich bin ein Hellseher und kann die Zukunft vorhersagen.

Aja und was bitte ist die dritte Möglichkeit? Sylvia hatte sich in ihrem Sessel vorgebeugt und legte erwartungsvoll den Kopf schief.

Das ist genau das, worauf ich hinauswill. Wenn ich die Brücke nicht selbst zum Einsturz bringe und auch über keinerlei hellseherische Fähigkeiten verfüge, was bleibt dann noch für eine Möglichkeit. Na klarerweise nur, dass ich bereits wusste, dass sie einstürzen wird.

Sylvia richtete sich abrupt in ihrem Sessel auf. *Aber das würde ja bedeuten, dass...*

Ja genau, ich weiß, wie sich das anhört! Aber genauso ist es: Ich komme aus der Zukunft. So, jetzt ist es 'raus!

Mark lehnte sich zurück und steckte sich eine Zigarette an, wobei er darauf achtete, dass er den Rauch nicht in Richtung des Kleinen blies, der mittlerweile auf Sylvias Arm eingeschlafen war. Er beobachtete, wie es in Sylvias Gesicht arbeitete. Und er rechnete fest damit, dass sie jeden Moment aufspringen und mit dem Hinweis, dass er sie bloß in Ruhe lassen sollte, davonlaufen würde.

Ok, das hört sich allerdings sehr verrückt an! Du willst mir also weismachen, dass du aus der Zukunft kommst?

Ja, leider! Und ja, ich weiß, dass das eigentlich völlig unmöglich ist.

Entgegen Marks erster Annahme blieb Sylvia ob dieser Neuigkeit erstaunlich ruhig.

Ok, nur mal angenommen, ich nehme dir diese absolut unerhörte Geschichte ab. Nur mal angenommen. Wie willst du mir mit dem Reichsbrückeneinsturz beweisen, dass du aus der Zukunft kommst und deswegen darüber Bescheid weißt? Wenn du, wie du sagst, die Brücke nicht selber in die Luft jagst und auch kein Hellseher bist, dann könnte der Brückeneinsturz ja auch eine andere Ursache haben. Möglicherweise Materialermüdung oder sowas.

Ganz genau!

Ja schon, aber könntest du dich nicht in den letzten Jahren akribisch mit dem Bauzustand der Brücke beschäftigt haben und jetzt genau wissen, dass sie kurz vor dem Einsturz steht.

Ja sicher, ich könnte die alten Baupläne der Brücke studiert haben oder die Brückenpfeiler auf Risse untersucht haben und Ähnliches. Aber wie kann ich wissen, dass sie am kommenden Sonntag einstürzen wird und zwar genau um 4:53 Uhr morgens. Und wie kann ich außerdem wissen, dass bei dem Unglück das Heck eines Passagierschiffes beschädigt wird und dass sich zum Zeitpunkt des Einsturzes genau fünf Personen in vier Autos auf der Brücke befinden werden. Nämlich ein Busfahrer eines städtischen Gelenkbusses, zwei ÖAMTC-Mitarbeiter in einem Pannenhilfe-Fahrzeug, ein VW-Fahrer und der Lenker eines Kleinbusses, der beim ORF als Chauffeur angestellt ist. Der Chauffeur wird dabei in seinem Wagen eingeklemmt und ertrinkt. Er wird erst am Montag darauf gefunden und bleibt auch das einzige Todesopfer der Kata-

strophe. *Selbst wenn ich also die Brücke selbst zum Einsturz bringe, kann ich unmöglich vorher wissen, wie viele und vor allem welche Personen sich auf der Brücke befinden werden.*

Das klingt logisch.

Genau, das kann ich nur dann wissen, wenn ich erst nach dem Einsturz der Brücke davon erfahren habe. Und da der ja erst am Sonntage passieren wird...

Sylvia schürzte die Lippen zu einem verächtlichen Grinsen. *Also weißt du, du solltest vielleicht, statt Geschichtslehrer zu werden, Science-Fiction-Romane schreiben. Genügend Fantasie hast du schon mal.*

*Ich hatte dich gewarnt. Aber ich kann dich auch sehr gut verstehen. Umgekehrt würde **ich dir** auch nicht glauben.*

Jetzt setzte Mark ein süffisantes Lächeln auf. *Aber vielleicht warten wir erst mal bis Sonntag, was passiert. Ich werde mich jedenfalls so gegen dreiviertel fünf unweit der Brücke einfinden, um dabei zu sein, wenn sie einstürzt. Schießt du mich jetzt in den Wind oder bist du mit von der Partie?*

Aber unbedingt! Ich möchte doch dein dummes Gesicht nicht verpassen, wenn die Brücke dann wider Erwarten doch nicht einstürzt.

Oh, du wirst dein blaues Wunder erleben, vertrau mir.

Sag mal, könntest du die Leute, die am Sonntag Früh über die Brücke fahren werden, nicht vorher warnen. Besonders der ORF-Chauffeur wäre dir sicher dankbar, wenn du sein Leben rettest.

Auf die Frage hatte Mark schon gewartet. *Ja sicher, gesetzt den Fall, es gelingt mir, den Herrn ausfindig zu machen und weiter angenommen, der nimmt mir die Story auch ab und wählt Sonntag früh eine andere Route über die Donau und überlebt. Was ist dann, wenn der Typ zwei Wochen später genau die Bank überfällt, in der mein Vater Stammkunde ist und bei dem Überfall erschossen wird. Dann werde ich nicht geboren und kann natürlich auch nicht zu dir in die Vergangenheit reisen, um dich vor dem schießwütigen Kerl von heute Vormittag zu retten. Oder noch besser, ich reise in die Vergangenheit und bringe meinen Opa um die Ecke, weil der mich in seinem Testament nicht bedacht hat. Keine Sorge übrigens, mein Opa ist in Wirklichkeit schon lange tot. Dann werde ich ebenfalls nicht geboren, kann folgerichtig auch nicht in die Vergangenheit reisen, um meinen Opi zu killen und so weiter und so fort.*

Sylvia kratzte sich sichtlich verwirrt am Kopf. *Klingt alles reichlich kompliziert.*

Ja, da können sich einem schon mal die Gehirnwindungen verknoten. Das Ganze nennt man auch das Großvaterparadoxon. Im Prinzip geht es darum, dass ein Zeitreisender mit allem, was er in der Vergangenheit verändert, gleichzeitig auch die Zukunft verändert. Und im schlimmsten Fall verhindert er seine eigene Geburt. Auch ich stehe im Übrigen vor diesem Problem. Gott weiß, was ich mit meiner bloßen Anwesenheit hier schon alles ausgelöst haben mag.

Also du wirst es mir hoffentlich nicht nachtragen, wenn ich deine Zeitreisegeschichte nicht so recht glauben will, aber an-

sonsten bist du echt amüsant und witzig und ich mag dich! Und natürlich freue ich mich schon diebisch auf unseren Sonntagsausflug zur Reichsbrücke!

Du bist mir auch sehr sympathisch! Also, ihr zwei natürlich. Und vielleicht sollten wir bis Sonntag einfach das Thema wechseln. Was meinst du?

Einverstanden! Und du bist natürlich selbstverständlich mein Gast. Ich meine, wann hat man im Leben schon mal die Chance, einen Zeitreisenden zu beherbergen?

Sylvia beobachtete Mark verstohlen, während er an seinem Kaffee nippte. Sicher mochte sie etwas naiv sein und zur Impulsivität neigen, aber sie ließ sich selten für dumm verkaufen. Die Geschichte, die ihr Mark da auftischen wollte, war so ziemlich das verrückteste, dass sie jemals gehört hatte. Wollte er ihr allen Ernstes weismachen, dass er ein Zeitreisender war, der durch einen dummen Zufall hier gelandet war. Er konnte doch unmöglich annehmen, dass ihm irgendein halbwegs vernünftiger Mensch diese Geschichte abnehmen würde. Was Sylvia dabei stutzig machte war, dass Mark selbst so absolut von sich überzeugt war. Es gab eigentlich nur zwei Möglichkeiten dafür. Entweder er hatte sich das Ganze nur ausgedacht und würde sich spätestens Sonntag früh vor Lachen ausschütten, wenn sie vor der Reichsbrücke stünden und nichts passieren würde. Oder aber, er war ein aus einer Irrenanstalt entlaufener Verrückter, der tatsächlich glaubte, ein Zeitreisender zu sein. Wenn Mark tatsächlich nur ein Scherzbold war, warum rettete er sie erst vor diesem irren Killer, um ihr gleich im Anschluss einen solchen Streich zu spielen. Das passte irgendwie nicht so recht zusammen. Den Eindruck eines Geistesgestörten machte er aber auch nicht wirklich. Sicherlich konnte man nicht vom äußeren Erscheinungsbild eines Menschen auf seinen Geisteszustand schließen, aber er machte auf sie nicht den Eindruck, unter Wahnvorstellungen zu leiden. Gleichzeitig mahnte sie sich aber auch zur Vorsicht, schon allein um Gerrys Willen. Schließlich blieb immer noch ein geringes Risiko, dass Mark in Wahrheit doch ein gefährlicher Irrer war, dem man in seinem Wahn alles zutrauen musste. Vielleicht war der junge Student aber auch nur bei einem seiner Rundgänge gestolpert und auf den Kopf gefallen. Sylvia konnte sich jedenfalls gut vorstellen, dass ein dementsprechend heftiger Schlag auf den Kopf, eine zeitweilige geistige Verwirrung, wenn nicht gar einen psychotischen Zustand auslösen konnte. Und wenn doch alles nur ein Scherz war, so konnte man dem Jungen eine blühende Fantasie schon mal nicht absprechen. Erstaunlich war es allemal, wie detailreich er die Zukunft geschildert hatte. Wenn er auch nur ein Student mit einem eigenartigen Sinn für Humor war, so hatte er sich jedenfalls gewissenhaft auf seinen Auftritt vorbereitet. Sylvia glaubte jedenfalls nicht, dass sich Mark das alles in der Sekunde so ausgedacht haben konnte. Was auch immer sich nun als wahr herausstellen sollte, Fakt war jedenfalls, dass Zeitreisen dem Reich der Fantasie zuzuordnen waren – da gab es nichts daran zu Rütteln. Blieb nur die Frage, was ihr lieber war, ein Student mit einem Hang zu schrägem Humor oder ein Student mit Dachschaden. Spätestens am Sonntag um fünf Uhr würde sie Gewissheit haben.

***

Etliche Tausend Kilometer entfernt und mehrere Jahrzehnte später saßen einige Herren in teuren Anzügen um einen Tisch in einem abgedunkelten Besprechungsraum. Der Protokollführer, ein Mittfünfziger mit ergrautem Haarkranz nahm seine Nickelbrille ab und massierte sich die Nasenwurzel.

Was wissen wir bis jetzt? Wieso hat Hellmann versagt?

Ein jüngerer Mann mit hellbraunem Seitenscheitel zog nervös an seinem Krawattenknoten und blätterte einige Aufzeichnungen durch, die er vor sich am Tisch liegen hatte. *Die genauen Gründe für Hellmanns Versagen sind noch nicht bekannt, aber wir wissen, dass es zu einer unvorhergesehenen Einmischung gekommen ist.*

Was meinen Sie mit Einmischung?

Wir haben herausgefunden, dass ein neugieriger Nachtwächter, ein Student unbeabsichtigt ebenfalls durch das Portal gezogen wurde. Offensichtlich war das der Grund für das unerfreuliche Scheitern der Mission. Wie gesagt, Genaueres müssen wir erst in Erfahrung bringen.

Na gut, aber beeilen Sie sich gefälligst. Sie wissen ja, was passiert, wenn es uns nicht gelingt, Manfred Gerlach zu beseitigen.

Ein Mann mit einem blonden Bürstenhaarschnitt, der gegenüber des Protokollführers saß, meldete sich zu Wort. *Ich denke, unsere Sorgen sind unbegründet. Mein bester Mann ist vor Ort und bereits dabei, Hellmanns Fehler wettzumachen.*

Dann hoffe ich um Ihretwillen, dass Ihr Mann sein Geschäft besser versteht. Und dieser Student muss selbstverständlich ebenfalls zum Schweigen gebracht werden. Habe ich mich klar ausgedrückt.

Glasklar! Mein Mann vor Ort weiß bereits Bescheid.

Der Protokollführer setzte seine Brille wieder auf und erhob sich.

Also gut, meine Herren. Das wär's für heute. Aber halten Sie mich über jede Veränderung oder Abweichung vom Plan auf dem Laufenden.

Die Anderen nickten und erhoben sich ebenfalls.

***

Sylvia bewohnte eine hübsche Zweizimmerwohnung in Floridsdorf. Die Wohnung hatte ursprünglich ihrem Großvater gehört, der sie in den letzten Jahren nur mehr sporadisch als Arbeitsplatz zum Schreiben seiner Romane benutzt hatte. Als er dann von Sylvias Mutterfreuden erfahren hatte, hatte er ihr die Wohnung zum Geschenk gemacht. Sylvia hatte die letzten zwei Stunden damit verbracht, das Baby zum Schlafen zu legen. Mark hatte derweil in der Küche ein paar Sandwiches und eine Karaffe mit Eistee zurechtgemacht. Jetzt saßen die beiden auf Sylvias Balkon und nippten an ihren Gläsern.

Ich weiß ja, wir wollten das Thema Zeitreise bis Sonntag vertagen, aber mich würde schon interessieren, wie es denn so in der Zukunft ist. Dabei hatte sie wieder dieses verschmitzte Lächeln auf den Lippen. *Aus welchem Jahr kommst du denn genau?*

Mark war Sylvias Feixen nicht entgangen, aber er ließ sich nichts anmerken. *Ich komme aus dem Jahr 2019. Und wir leben dort auch nicht viel anders als du jetzt. Es ist nur alles ein wenig moderner geworden. Was sich dagegen echt verändert hat, ist die Technik. Wir haben jetzt Computer daheim und das Internet.*

Echt, in deiner Zeit hat jeder einen Computer daheim. Und was ist das Internet? Sylvia hatte sich leicht vornübergebeugt und blickte Mark interessiert in die Augen.

Mark lehnte sich in seinem Stuhl zurück und begann zu dozieren. *Der Reihe nach. Computer sind in den letzten Jahren bedeutend kleiner und leistungsfähiger geworden, aber vor allem auch günstiger. Die ersten sogenannten Heimcomputer werden in ungefähr fünf Jahren auf den Markt kommen. Und sie werden tatsächlich so vergleichsweise günstig sein, dass fast jedermann sich einen wird leisten können. Und das Internet ist überhaupt eine tolle Sache! Ende des letzten Jahrzehnts haben Universitäten und Forschungseinrichtungen in den USA damit begonnen, ihre Großrechner miteinander zu vernetzen, hauptsächlich um die Rechenleistung zu verbessern. Das Ganze hat sich immer mehr erweitert und man hat gemerkt, dass man dieses, damals noch Arpanet genannte, Netzwerk auch zu anderen Zwecken verwenden kann. Bis dann ein gewisser Herr Tim Berners-Lee im Jahr 1989 daraus das Internet entwickelt hat oder entwickeln wird, wie auch immer du das sehen willst. Anfang der 1990er-Jahre hat das*

Internet immer mehr Verbreitung gefunden und auch in die Privathaushalte Einzug gehalten. Und zu meiner Zeit ist ein Leben ohne Internet kaum noch vorstellbar. Mit dem Internet kannst du Post verschicken, Bücher schreiben, Filme schauen, Essen bestellen oder einfach nur für eine Uniprüfung recherchieren. Wenn du zu meiner Zeit etwas nicht weißt, schaust du zuerst im Internet nach und meist findest du dort auch alles, was du wissen möchtest. Es gibt fast Nichts was das Netz nicht kann. Oder nimm dein Telefon, dass du drinnen auf dem Tischchen stehen hast. In den 1990er-Jahren werden die Dinger tragbar und heißen dann Handy. Funktioniert im Prinzip, wie ein Funkgerät. Mit den ersten Geräten, die noch in den 90ern herausgekommen sind, konnte man nur telefonieren und Textnachrichten versenden. Mit der Zeit sind die Handys dann immer besser geworden und mittlerweile sind sie kleine Taschencomputer.

Wahnsinn! Hast du auch so ein Ding?

Freilich, aber leider hab ich's in meiner Zeit vergessen. Wenn ich gewusst hätte, was auf mich zukommt, hätte ich's eingesteckt. Aber so liegt es jetzt vermutlich immer noch im Pförtnerhäuschen herum.

Schad eigentlich, das Teil hätte zu gern gesehen.

Sylvias Spott war beißend, aber Mark ließ sich nichts anmerken. Außerdem war ihm wohl bewusst, wie sich das alles anhören musste.

Ja, dass ich das Handy vergessen hab, ist besonders ärgerlich. Weil damit hätte ich dir Fotos aus der Zukunft zeigen können.

Was, Telefone mit denen man fotografieren kann!?

Ach ja, das hatte ich ja ganz vergessen. In der Zukunft wird nicht mehr auf Film fotografiert, sondern die Bilder werden auf einem Mikrochip gespeichert.

Echt arg! Aber was ist mit Krankheiten, Krebs zum Beispiel. Können die Ärzte in deiner Zeit Krebs heilen?

Nein, Krebs ist nach wie vor Todesursache Nummer zwei nach Herzkreislauferkrankungen. Es gibt zwar mittlerweile mehr Medikamente dagegen und die wirken auch besser, aber das ist nach wie vor ein Problem.

Wahnsinn! Ich könnte dir stundenlang zuhören und mir würde nicht langweilig dabei. Fast bin ich geneigt, dir das mit dem Zeitreisenden zu glauben. Ich meine, vor allem dieses Internet könnte ich echt gut gebrauchen.

Nur Geduld, in etwa 20 Jahren wird's soweit sein.

Was wird eigentlich sonst noch so passieren, in der nächsten Zeit.

Diesen Sonntag ist ja das Formel 1 Rennen am Nürburgring. Unser Niki Lauda wird da einen Unfall haben und fast in seinem Auto verbrennen. Er überlebt, keine Sorge. Und er wird danach sogar noch zweimal Weltmeister, nämlich 1977 und 1984.

Na bumm, der 1. August scheint ja ein schwarzer Sonntag zu werden.

Allerdings und er wird auch als "Österreichs schwarzer Sonntag" in die Geschichte eingehen.

Sag mal, angenommen du kommst echt aus der Zukunft und das wird alles tatsächlich passieren. Woher weißt du so viel darüber. Die ganzen Details.

Na ja, zum einen studiere ich ja Geschichte, wie du schon weißt. Und zum anderen habe ich eine Datenbank programmiert, mit der ich ein beliebiges Datum seit 1950 mit Fakten verknüpfen kann. Sprich, du gibst ein bestimmtes Datum in den Computer ein und das Programm sucht dann nach Ereignissen, die an dem Tag stattgefunden haben. Also, zum Beispiel der 1. August 1976. Wenn du das Datum eingibst, spuckt dir der Computer dann Nikis Unfall und den Reichsbrückeneinsturz aus. Vereinfacht gesagt. Denn wenn man verhindern will, dass einem die Datenbank hunderte Ereignisse, des jeweiligen Datums ausgibt, muss man gezielt nach Themen filtern. Also in unserem Fall würde ich als Datum den kommenden Sonntag eingeben und weiter nach Katastrophen in Österreich filtern. Dann würde die Datenbank Laudas Unfall weglassen, da der ja nicht in Österreich stattfinden wird.

Scheint mir ein ziemlich aufwändiges Projekt zu sein.

Das stimmt, zumal ich ganz alleine daran arbeite. Damit das Ganze nicht zu umfangreich ausfällt, beschränke ich mich momentan nur auf in Österreich passierte Ereignisse. Aber da kommt trotzdem einiges zusammen, das kannst du mir glauben. Auf jeden Fall ist die Arbeit an dieser Datenbank auch dafür verantwortlich, dass ich diese ganzen Fakten weiß. Ist ein angenehmer Nebeneffekt des Projektes.

Sylvia hatte mit einem Mal einen sorgenvollen Ausdruck in ihrem Gesicht. *Ich frage mich schon die ganze Zeit, warum der Typ ausgerechnet mir und meinem Sohn ans Leder wollte. Ich bin weder reich, noch berühmt oder habe mich bei irgendwem unbeliebt gemacht. Zumindest sehe ich keinen Grund, uns gleich aus dem Weg zu räumen.*

Stimmt, das beschäftigt mich auch schon den ganzen Tag, zumal ich dir das Wichtigste noch gar nicht erzählt habe.

Viel verrückter kann's jetzt auch nicht mehr werden.
    Erzähl!

Nun ich fürchte, dass ich nicht der einzige Zeitreisende bin.

Sylvia sah alarmiert drein. *Moment, du willst mir jetzt aber nicht weismachen, dass der Killer von heute Vormittag auch aus der Zukunft kommt.*

Mark hob entschuldigend seine Arme. *Leider doch. Er arbeitet als Techniker bei der Firma, wo ich als Nachtwächter angestellt bin und heißt Martin Fleischmann. Wobei ich mir fast sicher bin, dass das nicht sein richtiger Name ist.*

Ok, aber wieso sollte jemand aus der Zukunft ausgerechnet in diese Zeit reisen, um mich und mein Kind zu töten? Das will mir nicht in den Kopf.

Überleg doch mal, irgendwas werden du oder dein Sohn in der Zukunft tun, dass irgendjemandem nicht passt. Und wir müssen jetzt nur noch herausfinden, was das ist.

Also ich weiß nur eins. Mag der Typ aus der Zukunft gekommen sein oder nicht. Er war jedenfalls für mich und mein Kind eine reale Bedrohung. Und nachdem du, indem du uns gerettet hast, dich eingemischt hast, bin ich mir fast sicher, dass die jetzt auch hinter dir her sind. Glaubst du nicht, dass wir besser zur Polizei gehen sollten?

Ich glaube nicht, dass das viel bringen wird, da scheinen Profis am Werk zu sein. Außerdem ist für die Polizei mit dem Tod des Killers der Fall doch abgeschlossen. Nein, unsere einzige Chance ist es, mehr über diesen Fleischmann herauszufinden.

Ja, aber du hast ja selbst vermutet, dass das ein falscher Name sein könnte.

Ja eben. Ich glaube, diese Sache ist von langer Hand geplant worden. Die haben da wenig dem Zufall überlassen. Somit denke ich auch, dass der Killer für die Zeit, die er hier verbringen muss, einen Unterschlupf braucht. Und warum sollte er den nicht gleich unter seinem Decknamen mieten. Das heißt, wenn es einen offiziellen Mietvertrag lautend auf Martin Fleischmann gibt, dann ist diese Wohnung auch unter diesem Namen im Register zu finden.

Du meinst, wir können diese Wohnung finden?

Ich hoffe es! Und wenn ja, dann finden wir dort vielleicht ein paar Unterlagen, die uns möglicherweise verraten, warum wir ins Fadenkreuz geraten sind. Und ich denke, es wäre nicht das Schlechteste, wenn wir uns damit ein bisschen beeilen. Denn da Fleischmann mit seiner Mission gescheitert ist, werden die in absehbarer Zeit jemand anderen schicken, der die Sache zu Ende bringen soll. Im Hinblick darauf, wäre es vielleicht ganz gut, wenn wir inzwischen woanders unterkommen könnten. Hast du da eine Möglichkeit?

Sylvia überlegte einen Moment, wen sie kannte, der sie vorübergehend bei sich aufnehmen würde. Dann fiel ihr ein, dass ihre Freundin Tina mit ihrem Freund für zwei Wochen nach Italien gefahren war und ihr den Wohnungsschlüssel mit der Bitte, ihre Pflanzen zu gießen überlassen hatte. Tina wohnte in Nußdorf, im 19. Bezirk. Sie hätte sicher nichts dagegen, wenn sie sich für ein paar Tage bei ihr einquartierten. Tina war in der Hinsicht zum Glück relativ unkompliziert.

Ja, wir können für die nächsten Tage zu einer Freundin, die gerade im Ausland ist.

Sehr gut, da werden uns die Typen erst mal nicht so schnell finden. Es wird am besten sein, wenn du schnell das Nötigste einpackst und wir noch heute rüberfahren. Ich werde mir inzwischen ein paar Sachen zum Anziehen besorgen. Mit der Nachtwächteruniform falle ich nur unnötig auf.

***

Ebner hatte es sich mit einer Flasche Bier auf der Couch gemütlich gemacht und blätterte in einem dicken Ordner mit Informationsmaterial über seine Zielpersonen. Die junge Gerlach und ihr Balg waren kein Problem. Über die Unterlagen, die ihm die Organisation hatte zukommen lassen, hatte er erfahren, wo sie wohnte und was ihre Gewohnheiten waren. Dieser Student war da schon eine härtere Nuss. Nachdem sein Übergang nicht mit eingeplant gewesen war, gab es auch so gut wie gar keine Infos über ihn in den Unterlagen. Ebner wusste lediglich seinen Namen und dass er bei Digital Orbit Enterprises als Nachtwächter arbeitete. Mehr hatte die Organisation noch nicht über ihn in Erfahrung bringen können. Noch nicht. Ebner hoffte jedoch, dass ihm die Organisation auch über den Jungen ein Dossier zukommen lassen könnte. Der Student stellte somit einen gewissen Unsicherheitsfaktor dar. Das gefiel Ebner gar nicht. Er war es gewohnt klare Anweisungen zu bekommen und seine Aufträge anhand von ausführlichen Dossiers zu bearbeiten. Nun musste er allerdings improvisieren. Ebner hatte keine Ahnung, wie viel der Student bereits wusste, aber er musste davon ausgehen, dass der mittlerweile bemerkt haben musste, dass er eine unfreiwillige Zeitreise gemacht hatte. Wenn dem so war, dann bedeutete das höchstwahrscheinlich auch, dass er sein Wissen bereits weitergegeben hatte. Und das wiederum würde bedeuten, dass die Zielpersonen auch bereits wussten, dass die Sache mit Hellmanns Tod nicht ausgestanden war. Ebner musste demnach damit rechnen, dass die drei sich ihrer Gefahr bewusst waren und versuchen würden unterzutauchen. Er musste jetzt schnell handeln, damit seine Opfer nicht zu viel Vorsprung gewannen. Ebner musste diesen Auftrag entgegen seiner gewohnten, planvollen und umsichtigen Arbeitsweise erledigen. Aus seiner Erfahrung wusste er, dass ein überhastetes Vorgehen unweigerlich zu Fehlern führte. Und offenbar war die gesamte Operation überhastet geplant worden, denn sonst wäre ein eventueller Mitwisser in der Planung berücksichtigt gewesen. Und gerade bei Zeitreisen musste man jede Eventualität einplanen. Aber Ebner würde auch dieses Mal seinen Auftrag fehlerlos erledigen. Und danach war es hoch an der Zeit, bei seinem Vorgesetzten zu deponieren, dass er in Zukunft anspruchsvollere Aufgaben bekam, mehr in die Planung und Organisation mit eingebunden wurde. Ebner war überzeugt davon, dass ihm der Fehler mit dem Studenten nicht unterlaufen wäre. Er klappte die Mappe zu und leerte seine Bierflasche mit einem einzigen gewaltigen Zug. Er würde gleich heute Nacht zuschlagen, in der Hoffnung, dass die Gerlach und der Student nicht so schnell eine Ersatzunterkunft gefunden haben würden.

***

Mark hatte sich in aller Eile in einem nahe gelegenen Kaufhaus, mit Geld, das ihm Sylvia mitgegeben hatte mit dem Nötigsten, dass er in dieser Zeit brauchen könnte eingedeckt. Er hatte drei Garnituren Kleidung gekauft, Toilettenartikel, eine Baseballkappe ein kleines Fernglas und außerdem noch einen Stadtplan, den er in einer Trafik erstanden hatte. Er hatte mit Sylvia vereinbart, dass sie erst mal mit Gerry im Schlepptau in Tinas Wohnung ihre Zelte aufschlagen würde. Außerdem sollte sie versuchen, mehr über Fleischmann herauszufinden – möglicherweise konnte sie in Erfahrung bringen, wo er sich eine Wohnung gemietet hatte. Mark würde sich inzwischen bei der Floridsdorfer Wohnung auf die Lauer legen. Er war sich sicher, dass ihre Jäger so bald, wie möglich wieder zuschlagen wollten und das war seine

Chance, mehr über seine Widersacher in Erfahrung zu bringen. Ganz nach dem Motto: Wenn du deinen Feind kennst und dich selbst, dann brauchst du das Ergebnis von 100 Schlachten nicht zu fürchten. Das hatte Mark mal irgendwo im Internet gelesen, allerdings hatte er vergessen, wer das gesagt hatte.

Tinas Unterkunft war eine großzügig auf zwei Stockwerken angelegte Dreizimmerwohnung, in einer vor ein paar Jahren neugebauten Wohnhausanlage in Nußdorf. Tina hatte die Wohnung von ihren Eltern, einem reichen Unternehmerehepaar zur bestandenen Matura geschenkt bekommen und wohnte dort zusammen mit ihrem Freund auf knapp 120 m². Mark stellte seine Einkaufstaschen ab und machte es sich in der gemütlichen Essecke gleich neben der kleinen Einbauküche gemütlich. Sylvia hatte inzwischen etwas zu essen gemacht und bugsierte eine Riesenschüssel mit Nudelsalat auf den Tisch.

Hast du in der Zwischenzeit etwas über diesen Fleischmann herausgefunden?

Im Telefonbuch steht er leider nicht, hat wahrscheinlich eine Geheimnummer.

Das wäre auch zu einfach gewesen, aber den Versuch war es immerhin wert.

Ja, schade! Findest du das wirklich eine gute Idee, meine Wohnung zu observieren? Wer auch immer jetzt auf uns angesetzt ist, wird sicher besonders vorsichtig sein.

Es ist riskant, aber wir müssen unbedingt wissen, mit wem wir es zu tun haben. Außerdem werden die sowieso nicht eher Ruhe geben, bis der Auftrag und damit wir erledigt sind. Aber ich verspreche dir, dass ich ganz besonders vorsichtig sein werde.

Sie aßen beide schweigend ihren Salat auf und Sylvia fütterte Gerry mit einem Fläschchen Babymilch. Zwei Stunden später, es begann bereits dunkel zu werden, machte Mark sich auf den Weg nach Floridsdorf.

***

Ebner hatte den Rest des Tages damit verbracht, dass Dossier über Sylvia Gerlach zu Ende zu lesen. Er wusste nun, dass sie in einer Eigentumswohnung in Floridsdorf wohnte, die ihr ihr Großvater zur Geburt ihres Sohnes geschenkt hatte. Dort würde er es zuerst versuchen. Falls sie doch so schlau gewesen waren, sich woanders zu verstecken, war in dem Dossier außerdem noch eine Liste mit Gerlachs Freundinnen und Freunden, sowie deren Wohnungen verzeichnet. Gerlach würde eine Adresse nach der anderen abklappern, bis er seine Zielpersonen aufgespürt haben würde. Ebner war sich sicher, dass die jungen Leute bei einer Freundin oder einem Freund Gerlachs Unterschlupf suchen würden. Ein Hotel oder eine Pension schieden aus, das wäre auf die Dauer zu kostspielig. Zumal die Gerlach ja nicht wissen konnte, wie lange ihre Flucht, bzw. Ihr Versteckspiel dauern mochte. Und die Polizei hatte den Fall nach Hellmanns Tod abgeschlossen. Die würden erst wieder aktiv, wenn etwas passierte. Und dann wäre es definitiv zu spät. Aber zuerst würde Ebner es in Gerlachs eigener Wohnung versuchen. Er hatte vor, heute Nacht zuzuschlagen. Seine Vorgabe seitens der Organisation war, es wie einen Unfall aussehen zu lassen. Ebner würde die Gastherme so manipulieren, dass es nach einem Unfall mit Kohlenmonoxid aussah. Er wusste, dass solche Unfälle immer wieder vorkamen. Seine Zielpersonen würde er in der Zwischenzeit mit gepolsterten Handschellen, die keine Spuren hinterließen fesseln. Nach einer kurzen Mahlzeit traf Ebner noch die letzten Vorbereitungen für seinen Einsatz und machte sich dann auf den Weg nach Floridsdorf.

***

Mark hatte lange überlegt, ob er sich in der Nähe des Hauseingangs oder doch in Sylvias Wohnung auf die Lauer legen sollte. Er hatte sich schlussendlich für die Wohnung entschieden. Das war zwar ziemlich riskant, weil er Gefahr lief von einem Eindringling mit dementsprechenden Absichten entdeckt zu werden. Sich in der Wohnung zu verstecken bot aber den klaren Vorteil, dass er näher an dem Killer dran sein würde. Außerdem bot die Betonwüste, in der Sylvias Wohnhaus lag, ohnehin keine guten Versteckmöglichkeiten. Die kleine Seitengasse, in der das Haus stand, war nur spärlich mit einigen Bäumen bepflanzt, die keine wirkliche Deckung darstellten. Vor dem Haus lief er also Gefahr, vorzeitig von einem Angreifer entdeckt zu werden. Und das wollte Mark unter allen Umständen vermeiden, denn da machte er sich keine Illusion. In direkter Konfrontation mit einem Profi hätte er wohl keinerlei Chance, da lebend wieder herauszukommen. Die Nummer im Donaupark mit Fleischmann hatte er wohl nur durch das Überraschungsmoment für sich entscheiden können, so viel war sicher. Der Techniker hatte einfach nicht damit rechnen können, dass Mark ihm auf seiner Zeitreise folgen würde. Er überlegte nach wie vor, welcher Tat sich Sylvia schuldig gemacht haben konnte, die einen solchen Aufwand nötig machte. Aber auf diese Frage konnte er später immer noch eine Antwort finden, jetzt musste er erst mal in Sylvias Wohnung ein so geniales Versteck finden, dass selbst ein Profikiller ihn nicht fand. Mark hatte lange diesbezüglich überlegt, jedoch alle möglichen Verstecke, die eine Wohnung so bot, wieder verworfen. Unter dem Bett oder in einem Schrank waren alles Orte, wo ein Profi sicher zuerst nachsehen würde. Und dann war ihm eine geniale Idee gekommen. In einer Folge der Fernsehserie Cobra übernehmen Sie, hatte sich einer der Agenten mal mithilfe eines Spiegels unter einem Tisch versteckt. Der Spiegel musste dabei mit einem Neigungswinkel von etwa 45° aufgestellt werden, sodass sich der Boden unter dem Tisch darin spiegeln würde. Dann konnte man sich hinter dem Spiegel positionieren und es würde so aussehen, als ob sich unter dem Tisch nichts befand. Mark entdeckte einen geeigneten Tisch, der im Wohnzimmer neben der Couch direkt an der Wand stand. Dadurch, dass der Tisch quasi zwischen Couch und Wand eingeklemmt war, konnte man nur von vorne direkt darunter sehen. Das war genau das, was er brauchte. Einen entsprechenden Spiegel hatte Mark in einem Geschäft für Haushaltswaren entdeckt. Er präparierte die Wohnung derart, dass es nach einer überhasteten Flucht ihrer Besitzer aussah und versperrte die Eingangstür doppelt. Danach baute er sein Spiegelversteck auf und harrte der Dinge, die da kommen würden.

***

Es war kurz nach zwei Uhr nachts, als Ebner in Sylvias Wohnstraße einbog. Er war sich zwar fast sicher, dass seine Zielpersonen um diese Zeit schon schliefen oder gar nicht mehr in der Wohnung waren, aber er stellte seinen Mercedes trotzdem in einiger Entfernung zum Hauseingang ab. Ebner hatte gelernt, dass man in seinem Metier auf alle Eventualitäten vorbereitet sein musste. Menschen waren unberechenbar, reagierten oft und vor allem in Stresssituationen unvorhersehbar und unlogisch. Er stieg nicht sofort aus dem Wagen, sondern scannte zuerst die Umgebung nach verdächtigen Personen, bzw. hielt er auch nach Bewegungen hinter den Fenstern Ausschau. Er wollte auf keinen Fall riskieren, dass irgendein übereifriger Pensionist ihn entdeckte und die Polizei rief. Ebner hatte diesbezüglich schon alles gesehen und war dementsprechend vorsichtig geworden. Es war jedoch alles ruhig und so schnappte er sich schlussendlich die schwarze Aktentasche vom Beifahrersitz und machte sich auf den Weg. Ebner achtete darauf, sich so unauffällig, wie möglich zu verhalten, denn sollte ihn wider Erwarten doch jemand beobachten, dann sollte es so aussehen, als wäre er nur ein Anwohner, der nach einem langen Arbeitstag, mit Überstunden im Büro nach Hause kam. Er hatte seinen fast kahl geschorenen Kopf mit einer Perücke versehen, sich zudem noch eine Hornbrille aufgesetzt und einen Polster unter das Hemd geschoben, damit es so aussah, als wäre er leicht übergewichtig. Bei der Haustür angekommen, fischte er ein kleines, schwarzes Etui, welches Einbruchsbesteck enthielt aus der Sakkotasche. Solch ein Set mit den verschiedensten Einbruchswerkzeugen konnte man problemlos im Internet kaufen, allerdings war der korrekte Umgang damit weitaus schwieriger, als es im Fernsehen immer gezeigt wurde. Man brauchte Fingerspitzengefühl und ein erkleckliches Maß an Übung, bis man ein handelsübliches Türschloss mit sogenannten Locking picks öffnen konnte. Ebner hatte sich die diesbezüglich nötigen Fähigkeiten in den letzten Jahren durch ein konsequentes Training angeeignet. Mittlerweile konnte er die bei Wohnungstüren üblichen Zylinderschlösser fast ebenso schnell knacken, wie man Zeit brauchte, sie normal aufzusperren. Bei Sicherheitsschlössern war das Knacken schon ungleich aufwändiger, aber zum Glück waren diese Mitte der 1970er Jahre noch in den wenigsten Wohnhäusern zu finden. Bevor er sich ans Öffnen der Wohnungstüre machte, streifte Ebner rasch Latexhandschuhe über. Normalerweise hätte er außerdem einen Ganzkörperoverall angezogen, wie ihn auch Kriminaltechniker verwendeten. Aber nachdem es in dieser Zeit noch keine DNS Analyse gab, konnte er sich das getrost sparen. Auch mit dem Schloss hatte Ebner leichtes Spiel und betrat nur kurze Zeit später Gerlachs Wohnung. Sie wirkte verlassen, was Ebner fast erwartet hatte. Die Vögel hatten offensichtlich Lunte gerochen und waren bereits ausgeflogen. Sicherheitshalber kontrollierte er jedoch trotzdem die üblichen Verstecke. Es schien jedoch so, wie er vermutet hatte, die jungen Leute hatten die Wohnung fluchtartig verlassen und waren höchstwahrscheinlich bei einer Freundin untergekommen. Ebner konnte sich demnach Zeit lassen, um seine nächsten Schritte zu planen. Er trat erst mal auf den kleinen Balkon und steckte sich eine Zigarette an. Höchstwahrscheinlich war es Bergers Idee gewesen, sich woanders zu verkriechen. Ebner durfte den Studenten keinesfalls unterschätzen. Der Bursche war eine Spur zu schlau für seinen Geschmack. Er nahm sich vor, ihm, entgegen seinen Anweisungen einen besonders schmerzhaften Tod angedeihen zu lassen. Ebner machte es sich auf der kleinen Sitzbank am Balkon gemütlich und streifte die Perücke vom Kopf. Erstens war ihm viel zu heiß unter dem Ding und zweitens war es für heute auch nicht mehr nötig. Er blies in schneller Folge drei Rauchringe in die laue Nachtluft und dämpfte die Zigarette in einem mitgebrachten, verschließbaren Aschenbecher aus. Auch das hatte Ebner sich mit den Jahren antrainiert. Am Tatort nie auch nur die kleinste Spur hinterlassen. Zumindest nichts, was auf ihn hindeuten könnte. Ebner packte seine Sachen zusammen und machte sich wieder auf den Weg in seine eigene Wohnung. Er war sich sicher, dass er die jungen Leute über kurz oder lang aufspüren würde. Er musste bloß die Freundesliste abarbeiten.

***

Mark wartete zur Sicherheit noch eine geschlagene halbe Stunde in seinem Versteck. Bei der Gelassenheit, mit der der Kerl das Türschloss geknackt und so methodisch die Wohnung durchsucht hatte, wurde Mark klar, dass sie sich vor diesem Burschen besonders in Acht nehmen mussten. Zum Glück hatte der Mann den Fehler gemacht, seine Verkleidung abzunehmen, sodass sich Mark sein wirkliches Aussehen aus seinem Versteck heraus einprägen konnte. Mark hatte schon fünf Minuten nach Ebners Ankunft in seinem Versteck so stark zu schwitzen begonnen, dass er schon befürchtet hatte, der Typ könnte ihn anhand des Schweißgeruchs finden. Er trat auf den Balkon hinaus und sog begierig die frische Nachtluft in seine Lungen. Er hätte jetzt ebenfalls eine Zigarette nötig gehabt, hatte sie in der Eile jedoch in Tinas Wohnung vergessen. Noch ein ganzer Tag, dann würde er mit Sylvia bei der Reichsbrücke stehen und auf deren Einsturz warten. Und Mark hoffte sehr, dass sie angesichts seiner sich erfüllenden Prophezeiungen endlich glauben würde, dass er aus der Zukunft kam. Es war ihm nämlich nicht entgangen, dass sie bislang kein Wort seiner Geschichte für bare Münze genommen hatte. Er selbst wollte es ja auch noch nicht so wirklich glauben, dass er tatsächlich durch die Zeit gereist war. Zwar hatte alles, was er in den letzten Stunden erlebt und gesehen hatte dafür gesprochen, aber die einstürzende Brücke würde auch seine letzten Zweifel endgültig ausräumen. Nachdem er in dieser Nacht nichts weiter ausrichten würde können, verließ auch Mark die Wohnung. Er ärgerte sich, dass er nicht auch noch Ebners Auto gesehen hatte, aber immerhin wusste er jetzt, wie der Mann ohne Verkleidung aussah. Das war schon mal ein Schritt in die richtige Richtung, zumindest ein kleiner. Angesichts der Informationen, über die der Kerl verfügte, wurde Mark langsam klar, dass der Mann mit Leuten aus der Zukunft zusammenarbeitete und möglicherweise auch kommunizieren konnte. Im Hinblick darauf,, musste er so schnell, wie möglich herausfinden, warum es die Leute auf Sylvia und ihren Sohn abgesehen hatten. Das war ihre einzige Chance, unbeschadet aus der Sache heraus zu kommen.

***

Ebner saß auf der Couch, vor sich eine Bierflasche und ein bereits recht voller Aschenbecher. Er blies einen Rauchkringel in die Luft und blätterte in dem Dossier über Gerlachs Kontaktpersonen, dass ihm die Organisation über den üblichen Kanal hatte zukommen lassen. Und obwohl Ebner nun schon ein paar Male Dinge in dem Handschuhfach seines Autos hatte erscheinen gesehen, war er doch jedes Mal aufs Neue erstaunt, wie das funktionierte. Die Liste mit den Kontakten war zum Glück nicht besonders lang und sein Kontaktmann bei der Organisation hatte insgesamt fünf von den 12 Kontakten auf der Liste als mögliche Zufluchtsoptionen markiert. Darunter befanden sich eine Tina Landmann, eine alte Schulkollegin, zu der Gerlach noch immer regen Kontakt pflegte, ihre Großmutter, die irgendwo in Hütteldorf wohnte und noch drei andere Freunde und Bekannte. Die zwei männlichen Kontaktpersonen hatte Ebner bereits gestrichen. Er glaubte, dass Gerlach sich mit ihren Problemen eher weiblichen Kontaktpersonen anvertrauen würde. Und da es wohl zu auffällig wäre, wenn sie sich bei direkten Verwandten verstecken würde, blieben lediglich zwei ziemlich wahrscheinliche Orte übrig, wo sie Unterschlupf finden könnte. Eben bei dieser Tina Landmann oder bei einer gewissen Cornelia Auer. Landmann wohnte im 19ten Bezirk und die Auer in einem Gemeindebau in Ottakring. Tina Landmann war eine Tochter aus reichem Hause, die in einer teuren Wohnung in bester Randlage wohnte. Cornelia Auer hingegen stammte aus einer typischen Wiener Arbeiterfamilie. Im Gegensatz zu Landmann war sie wohl eher bodenständig geblieben und würde sich durch Fleiß und Aufrichtigkeit einen Platz in der Gesellschaft etablieren. Ebner konnte sich gut vorstellen, dass Sylvia Gerlach sich eher ihr, als einer wahrscheinlich leicht versnobten und großspurigen Tochter aus reichem Haus anvertrauen würde. Das war zwar alles sehr spekulativ, aber viel mehr Entscheidungshilfen hatte Ebner nicht. Die Chance stand mit 50:50 relativ gut, dass er auf Anhieb am richtigen Ort suchte. Es ärgerte Ebner ein bisschen, dass die psychologischen Profile der Kontaktpersonen so mager ausgefallen waren, etwas mehr Hintergrundinformation, hätte ihn in seiner Entscheidungsfindung sicherlich unterstützt. Leider hatte Ebner auch in Gerlachs Wohnung keinen konkreten Hinweis gefunden, an wen sich die junge Frau gewandt haben könnte. Zumal hatte der Zustand der Wohnung ganz klar auf einen ziemlich überhasteten Aufbruch hingedeutet. Seine Zielpersonen waren offensichtlich ziemlich panisch. Menschen in Panik konnten zwar unberechenbar sein und waren wohl auch aufmerksamer und immer in Alarmbereitschaft, aber sie machten auch mehr Fehler. Und diese Fehler würden Ebner seinen Job maßgeblich erleichtern, davon war er überzeugt. Mittlerweile war sein Jagdtrieb zurückgekehrt und Ebner befand sich in freudiger Erwartung, wieder töten zu können. Er blätterte noch ein wenig in dem Dossier und machte es sich dann auf der Couch bequem. Er würde ein paar Stunden schlafen, um für seine Mission wach und ausgeruht sein zu können.

***

Es wurde bereits hell draußen, als Mark nach Nußdorf zurückkehrte. Sylvia und das Baby schliefen noch, als er zurückkam und im Hinblick auf das was ihnen wohl noch bevorstand, war es keine schlechte Idee, wenn er auch zumindest ein paar Stunden Schlaf fand.

Dem Sonnenstand nach zu urteilen musste es bereits Mittag sein, als Sylvia Mark weckte. Sie hatte Kaffee gemacht, dessen aromatischer Duft, Mark in die Nase stieg. Sie setzte sich auf die Bettkante und trank einen Schluck aus ihrer Tasse. Gerry spielte laut jauchzend mit einer seiner Rasseln am Boden.

Na, du Siebenschläfer, was gibt's Neues?

Mark setzte sich auf und blinzelte sich den Schlaf aus den Augen. *Der Typ, der uns da verfolgt scheint ein richtiger Profi zu sein. So wie der deine Wohnungstüre geknackt hat und angesichts der methodischen Art und Weise, wie er anschließend die Wohnung durchforstet hat, macht der das nicht zum ersten Mal. Da dürfen wir uns nicht den kleinsten Fehler erlauben. Und wie ich vermutet hatte, scheint der Mann über detaillierte Informationen über uns zu verfügen. So schnell, wie der deine Wohnung in Floridsdorf ausgeforscht hat! Ich glaube auch, dass er sich über deine Bekannten und Freunde informiert hat. Insofern gehe ich davon aus, dass wir ein Zeitfenster von maximal ein bis zwei Tagen haben, bis er uns hier aufgespürt haben wird.*

Das heißt, wir müssen uns nach einer alternativen Bleibe umsehen. Irgendwas, worüber sich der Typ nicht im Vorhinein informieren kann.

Ganz genau. Es wird wohl am besten sein, wenn wir noch heute unsere Zelte hier wieder abbrechen.

Ich habe mir während deiner Abwesenheit schon ein paar Gedanken darüber gemacht. Ich habe noch ein paar Tausender auf meinem Sparbuch liegen. Am besten wird es wohl sein, wenn wir uns in einer billigen Pension einquartieren, bis wir eine langfristigere Unterkunft gefunden haben. Ich nehme mal an, dass wir in nächster Zeit nicht nach Floridsdorf zurückkönnen.

Auf keinen Fall, deine Wohnung wird er sicher überwachen. Und wir können auch nicht sicher sein, dass nur er allein hinter uns her ist. Ich finde, dass wir sowieso mehr über unsere Gegner herausfinden müssen, über den Grund, warum die überhaupt hinter dir her sind. Wenn wir davon ausgehen können, dass der Typ eine Liste mit Freunden und Bekannten von dir hat, was meinst du, wo er uns zuerst suchen könnte. Er geht sicher davon aus, dass wir uns bei jemandem verstecken, zu dem du am ehesten Vertrauen hast. Ich habe mir nämlich überlegt, dass wir als erstes seine Wohnung finden müssen. Denn dort bekommen wir möglicherweise einen Hinweis darauf, mit wem wir es zu tun haben. Und wenn ich mich bei unseren Verstecken auf die Lauer lege, bekomme ich vielleicht die Chance, den Killer in sein eigenes Versteck zu verfolgen.

Sylvia überlegte eine Weile, wer von ihren Bekannten und Freunden da wohl infrage käme. Ihre Eltern und ihre Großmutter berücksichtigte sie dabei erst mal nicht, denn das wäre wohl zu offensichtlich. Wenn sie es sich recht überlegte, kamen eigentlich nur Tina und Conny als Rückzugsmöglichkeiten infrage. Sylvia ließ Mark an ihren Überlegungen teilhaben und nahm noch einen Schluck aus ihrer Kaffeetasse.

Selbst wenn wir mit unserer Vermutung richtigliegen, wo er uns als nächstes suchen wird. Hast du dir schon überlegt, wie du ihn verfolgen willst.

Naja, ihn direkt zu verfolgen, halte ich ehrlich gesagt für zu riskant. Ein Profi, wie der erkennt einen Verfolger sicher auf Anhieb. Wären wir in meiner Zeit, gäbe es die Möglichkeit mein Handy in oder an seinem Auto zu verstecken. Das könnte ich dann auch aus der Ferne bequem lokalisieren. Aber die Möglichkeit haben wir ja nicht. Wahrscheinlich gibt es auch hier Möglichkeiten, jemanden mit technischen Hilfsmitteln zu verfolgen, aber ehrlich gesagt, kenne ich mich da zu wenig aus und ich wüsste auch nicht, wo ich so ein Zeug herbekäme, geschweige denn wie wir uns das mit deinem Budget leisten sollten. Ich muss mir da noch was überlegen. Wichtig ist erst mal, dass ich jetzt zumindest weiß, wie der Typ aussieht.

Ok, dann kümmere ich mich einstweilen um eine Bleibe, während du James Bond spielst. Sie grinste ihn unverblümt über den Rand ihrer Kaffeetasse hinweg an. Zumindest hatte Sylvia trotz der widrigen Umstände ihren Humor nicht verloren. Sie hatte zwar eine Heidenangst, aber sie war trotzdem zuversichtlich, mit Marks Hilfe heil aus der Sache herauszukommen. Mehr Sorgen bereitete ihr die schiere Tatsache, überhaupt ins Visier eines Killerkommandos geraten zu sein. Obwohl sich Sylvia bereits das Hirn zermartert hatte, konnte sie sich beim besten Willen nicht erklären, wieso es jemand ausgerechnet auf sie abgesehen haben mochte. Und dann war da natürlich noch Marks Zeitreisegeschichte. Sie war sich zwar mittlerweile sicher, ihm vertrauen zu können, zumal die Typen mittlerweile auch hinter ihm her waren.

Aber angesichts der Tatsache, wie überzeugt der Student selbst von seiner Geschichte war, ließ eigentlich nur den Schluss zu, dass er entweder unter Wahnvorstellungen litt oder es war ihm irgendetwas so Schlimmes zugestoßen, dass seinen Verstand aus dem Takt gebracht hatte. Wie auch immer, zumindest diese Frage würde sich spätestens morgen früh klären.

Mark hatte eine Weile überlegt, wie man es wohl am besten anstellte, jemanden ohne jegliche technische Unterstützung zu verfolgen, ohne dass man ihn direkt hinter ihm her war. Er hatte sogar kurz mit dem Gedanken gespielt, sich im Auto des Killers zu verstecken, hatte diese Idee aber schnell wieder verworfen. Das Risiko entdeckt zu werden war dabei einfach zu groß. Zumal durfte er wohl nicht damit rechnen, dass der Typ ausgerechnet sein Fahrzeug unverschlossen auf der Straße stehen ließ. Dann hatte Mark sich an das Märchen von Hänsel und Gretel erinnert, die mit Brotkrumen eine Spur durch den Wald gelegt hatten. Anstatt von Gebäck würde er allerdings Farbe verwenden. Er hatte sich in einem Baumarkt Farbe in verschieden großen Gebinden besorgt. Der Farbkübel musste einerseits so dimensioniert sein, dass er ohne aufzufallen unter einem Auto befestigt werden konnte und durfte andererseits aber auch nicht zu klein sein, da Mark ja nicht wissen konnte, wie weit das Versteck seines Gegners von Connys Wohnung entfernt liegen würde. Er entschied sich schlussendlich für einen Kübel mit 1000 Milliliter Fassungsvermögen, in dessen Boden er kleines Loch bohrte. Den Kübel würde er so kurz vor der Abfahrt des Mannes an seinem Auto anbringen, dass nicht unnötig viel Farbe herausrinnen würde, während er Connys Wohnung überprüfte. Sylvia hatte Conny in der Zwischenzeit eine Geschichte aufgetischt, damit sie sich in der fraglichen Zeit nicht in ihrer Wohnung befinden würde. Anders als bei Sylvias Wohnung gab es hier bei Conny mehr Möglichkeiten, sich zu verstecken, was Mark die Chance bot, sich näher an der Haustür zu postieren. Kurz bevor es begann dunkel zu werden, legte Mark sich auf die Lauer.

***

Nachdem Ebner herausgefunden hatte, dass Cornelia Auer nur ein paar Straßen von ihm entfernt wohnte, hatte er die Zeit, die er damit gewinnen würde genutzt, sich ausgiebig auszuruhen. Er musste bei Kräften bleiben, um sich gegenüber seinen Zielpersonen einen Vorteil zu verschaffen, zumal die angesichts der prekären Lage, in der sie sich befanden, höchstwahrscheinlich ohnehin nicht viel Schlaf gefunden hatten. Um halb zwei lenkte er dann den Mercedes in Cornelia Auers Wohnstraße und fand diesmal auf Anhieb einen Parkplatz direkt vor einer Garagenausfahrt. So konnte er nötigenfalls schneller wieder verschwinden, ohne lange reversieren zu müssen. Nachdem sich Ebner, wie beim letzten Mal nach etwaigen Zeugen umgesehen hatte, machte er sich auf den Weg zu Auers Wohnung. Er hatte sich wieder mit Aktentasche und Perücke adjustiert. Da er es hier mit einer relativ großen Wohnanlage zu tun hatte, musste er etwas mehr Vorsicht walten lassen. Ebner wusste, dass in solchen Gemeindebauten, die unterschiedlichsten Menschen wohnten. Da war immer jemand dabei, der nachts nicht schlafen konnte oder auch aus reiner Neugier aus dem Fenster oder beim geringsten

Geräusch durch den Türspion sehen würde. Nachdem er Auers Wohnung leer vorgefunden und in den Zimmern auch keine Anzeichen von Besuch entdeckt hatte, begab er sich etwas enttäuscht wieder zu seinem Auto. Nachdem die Nacht allerdings noch jung war, würde er zuerst kurz noch bei sich daheim vorbeischauen und dann weiter nach Döbling fahren. Denn mit jedem Tag, den er bei seiner Suche verstreichen ließ, verschaffte er seinen Opfern wertvolle Zeit, sich ein neues Versteck zu suchen. Außerdem wusste er, dass besonders der Student schlau war und sich sicher damit rechnete, dass Ebner sie schnell aufspüren würde, wenn sie sich zu lange an einem Ort aufhielten. Zuvor wollte er allerdings das Terrain am Stadtplan erkunden und den hatte er blöderweise daheim vergessen. Er ärgerte sich über diesen eigentlich vermeidbaren Fehler, aber angesichts der Tatsache, dass seine Wohnung nur ein paar Straßen entfernt und zudem auf dem Weg nach Nußdorf lag, würde er nicht allzu viel Zeit verlieren.

***

Mark hatte Ebner in seinem schwarzen Mercedes zum Glück rasch entdeckt und es kostete ihn nicht einmal fünf Minuten, den Farbkübel hinten unter dem Auto anzubringen. Er hatte sich Sylvias Fahrrad ausgeborgt und wartete nun damit unweit von Ebners Fahrzeug in seinem Versteck, einem Gebüsch am Straßenrand. Sein Gastspiel in Connys Wohnung hatte keine 20 Minuten in Anspruch genommen, als er auch schon wieder seinem Fahrzeug näherte. Mark war gespannt, ob sein Plan aufgehen würde und machte sich zur Abfahrt bereit. Er würde Ebner in gebührendem

Abstand nachfahren, um auch wirklich nicht entdeckt zu werden. Er wartete noch zwei Minuten, nachdem der Mercedes verschwunden war und nahm dann die Verfolgung auf. Die weißen Farbspritzer waren im hellen Mondlicht gut zu erkennen und zu Marks Überraschung befand sich Ebners Wohnung nur ein paar Straßen entfernt. Er entdeckte den schwarzen Mercedes in einer Parklücke vor einem Neubau. Angesichts der kurzen Entfernung war Ebner gerade dabei seine Haustür aufzusperren. Das lief ja besser, als gedacht. Es dauerte keine fünf Minuten, als im vorletzten Stockwerk des Hauses hinter einem der Fenster Licht anging. Mark merkte sich, dass wievielte Fenster es war, um später Ebners Wohnung leichter zu finden, dann entfernte er in aller Eile den Farbkübel und machte sich schleunigst aus dem Staub.

Sylvia hatte inzwischen die letzten Vorbereitungen für ihren Aufbruch getroffen und erwartete Mark bereits mit gepackten Taschen und dem schlafenden Baby im Arm. Sie hatte auch schon eine kleine Pension in der Nähe des Westbahnhofes ausfindig gemacht, die außerdem auch so günstig war, dass sie sich notfalls für die nächsten Wochen dort einquartieren konnten. Gemeinsam brachten Sylvia und Mark Tinas Wohnung wieder in den Zustand, in dem sie sie vorgefunden hatten und beseitigten auch alle eventuellen Hinweise auf ihren weiteren Verbleib. Dann deponierte Sylvia noch den Wohnungsschlüssel im Postkasten und die drei machten sich auf den Weg Richtung Westbahnhof. Etwa eine halbe Stunde nach ihrem Aufbruch bog Ebners Mercedes in die stille Seitengasse ein und parkte unweit der Haustüre.

***

Nachdem Ebner die großzügige Maisonette gründlich inspiziert und keinerlei Hinweise auf die Anwesenheit seiner Zielpersonen gefunden hatte, war er etwas enttäuscht wieder nach Hause gefahren. Allerdings hatte er schon damit gerechnet, dass sich sein Wild nicht so leicht würde erlegen lassen. Mittlerweile war die Liste mit Gerlachs möglichen Kontakten abgearbeitet und Ebner rechnete auch nicht mehr damit, dass die drei sich noch bei einer ihnen bekannten Person verstecken würden. Das Risiko aufgespürt zu werden, war einfach zu groß. Er wusste, dass die Gerlach mit einem kleinen Kind nicht sonderlich mobil war und so kam als Versteck eigentlich nur mehr ein Hotel oder eine Pension infrage. Die Hotels schied Ebner von Vorne herein aus, da die damit verbundenen Kosten wohl ihr eher überschaubares Budget überstiegen. Blieben allerdings noch etliche Hundert kostengünstige Pensionen und diverse Absteigen in ganz Wien übrig, die er unmöglich alle abklappern, geschweige denn überwachen konnte. Damit wurde es langsam Zeit, stärkere Geschütze aufzufahren. Zu diesem Zweck hatte ihm die Organisation einen Kontaktmann bei der Wiener Polizei zur Seite gestellt. Dieser Mann war in Wirklichkeit natürlich ein Mitarbeiter der Organisation, den diese bei der Polizei eingeschleust hatte. Damit hatte Ebner die Möglichkeit, den Polizeiapparat für seine Zwecke einzuspannen. Sein Kontaktmann vor Ort würde demnach eine Art stiller Fahndung nach seinen Opfern einleiten und Ebner war sich einigermaßen sicher, die drei auf die Art rasch aufspüren zu können. Er hatte den Kontaktmann bereits informiert und konnte sich nun erst mal entspannt zurücklehnen.

Der V-Mann hatte ihm versprochen, die Zielpersonen, in maximal einer Woche aufzuspüren.

***

Die Rezeption der Pension Daniela war zu der Zeit, als Sylvia und Mark Tinas Wohnung verlassen hatten, lediglich durch einen Nachtrezeptionisten besetzt, der jetzt vermutlich bereits hinter seiner Theke eingeschlafen war. Zudem hatten sie sich informiert, dass man erst ab 7 Uhr morgens einchecken konnte. Deswegen waren sie in den letzten Stunden mit Gerrys Kinderwagen durch die nächtliche Stadt marschiert, um die Zeit bis dahin zu überbrücken. Jetzt hatten sie endlich ihr Zimmer in der Pension beziehen können und legten sich erst mal schlafen. Mark hatte sich vorgenommen tagsüber Ebners Gewohnheiten zu studieren, um herauszufinden, wann er daheim war und wann unterwegs. Auch wollte er herausfinden, ob Ebner sich mit irgendwelchen Komplizen oder Kontaktpersonen traf. Es war allerdings nicht damit getan, das optimale Zeitfenster für einen Einbruch in Ebners Wohnung zu ermitteln, Mark musste auch einen Weg in die Wohnung finden. Er wusste, dass man entsprechende Einbruchswerkzeuge problemlos im Internet kaufen konnte, nur blieb ihm diese Option im Jahr 1976 logischerweise versagt. Und selbst wenn er wider Erwarten doch an die erforderlichen Aufsperrwerkzeuge kam, konnte er doch nichts damit anfangen. Mark hatte zwar im Internet über Lockpicking gelesen, es aber selbst noch nicht probiert. Und er wusste aus diversen Artikeln, dass der versierte Umgang damit intensiver Übung bedurfte.

Er hatte schon überlegt, ob er Ebner den Schlüssel klauen und nachmachen lassen sollte. Allerdings hatte er diesen Gedanken rasch wieder verworfen. Erstens verstand er vom Handwerk eines Taschendiebes in etwa so viel, wie davon, eine Tür mit einem Dietrich zu öffnen und zweitens würde ein Schlüsseldienst sicherlich zumindest einen Mietvertrag und/oder einen Meldezettel verlangen, bevor er den Schlüssel duplizieren würde. Mark wusste allerdings, dass es im Jahr 1976 in sehr vielen Wohnhäusern einen Hausmeister geben würde und wenn man dem mit Fingerspitzengefühl und einer entsprechend tränenreichen Geschichte kam, konnte man auch zum Ziel gelangen. Mark war allerdings auch klar, dass sich ein einigermaßen valider Tagesablauf nicht in nur einem Tag herausfinden ließ, aber er fand immerhin heraus, dass Ebner etwa zur Mittagszeit in ein nahe gelegenes Gasthaus essen ging und sich anschließend an einem unweit davon gelegenen Zigarettenautomaten bediente. Die gesamte Aktion hatte in etwa eineinhalb Stunden in Anspruch genommen. Und wenn Mark davon ausging, dass sich dieses Ritual mit schöner Regelmäßigkeit so abspielte, dann hatte er immerhin ein passables Zeitfenster, Ebners Wohnung zumindest einer kurzen Inspektion zu unterziehen. Vorausgesetzt natürlich, dass der Hausmeister mitspielte und dessen Überredung, ihnen die Wohnung aufzumachen, nicht zu lange in Anspruch nahm. Das Ganze war ziemlich riskant, da ein zur Geschwätzigkeit neigender Hausmeister den guten Herrn Ebner sicherlich von ihrem Besuch in Kenntnis setzen würde, ganz zu schweigen davon, dass der Mann auch früher, als gedacht wieder zurückkommen könnte. Es war mithin eine überaus riskante und blöderweise auch ihre einzige Option. Mark lungerte noch eine Zeit lang vor Ebners Wohnung herum, beschloss allerdings nach einiger Zeit, doch zu verschwinden. Er wollte sein Glück nicht überstrapazieren und vielleicht Ebners Aufmerksamkeit erregen. Der würde ihn zwar sicher nicht am helllichten Tag und auf offener Straße abmurksen, aber es wäre schon ein Desaster, wenn er herausfände, dass Mark seinen Aufenthaltsort in Erfahrung gebracht hatte. Damit wäre dann nämlich die einzige Option, seine Wohnung zu durchsuchen mit Sicherheit vertan. Außerdem mussten sie morgen früh zeitlich außer Haus, um nicht den Einsturz der Brücke zu versäumen. Da war es sicher nicht verkehrt, vorher noch ein paar Stunden Schlaf zu bekommen.

Pünktlich um 4:45 Uhr trafen Mark und Sylvia am Sonntag bei der Reichsbrücke ein. Es war um diese Zeit noch dunkel draußen, nur im äußersten Osten der Stadt kündigte ein rötlicher Schimmer den anbrechenden Tag an. Die Brücke spannte sich ruhig und friedlich vor ihnen über die Donau und nichts deutete auf die bevorstehende Katastrophe hin. Sylvia nahm den schlafenden Gerry auf den Arm und sah sich skeptisch um.

Also, jetzt bin ich mal gespannt, ob sich der morgendliche Ausflug hier her gelohnt hat. Ich würde ja fast jede Wette eingehen, dass gar nichts passiert!

Abwarten, in spätestens 10 Minuten wird sich dein Weltbild verändern.

Mark gab sich zwar nach außen hin cool, aber auch er war noch von Restzweifeln erfüllt. Entweder er war tatsächlich ein Zeitreisender oder aber... Ja, was eigentlich?

Er überlegte, was wäre, wenn die Brücke wider Erwarten doch nicht einstürzte. Dann böte sich immer noch die Möglichkeit einer Geisteskrankheit oder eines Gehirnschadens aufgrund eines Unfalles. Das waren zugegebenermaßen keine sehr ansprechenden Alternativen, obwohl das eine logische Erklärung für die Erlebnisse der letzten Tage wäre. Mark sah auf seine Uhr. Es war acht Minuten vor fünf. Gleich ist es so weit.

Sylvia starrte gespannt in Richtung der Brücke, als einige Fahrzeuge erschienen. Und tatsächlich kamen ein Autobus, das Pannenhilfefahrzeug, der VW-Käfer und der Kleinbus des ORF-Mitarbeiters. Mark konnte erkennen, wie ihre Gesichtsfarbe einen zarten Weisston annahm. Die Fahrzeuge waren alle auf der Brücke verteilt, als sich urplötzlich deren Fahrbahn um einen guten halben Meter in die Höhe hob, so als würde die Brücke von einem unsichtbaren Riesenmagneten angezogen. Dann ertönte ein dröhnendes Krachen und die Brücke sackte in sich zusammen. Aus einem nahen Gebüsch flog eine Schar Sperlinge in panischer Angst auf. Die Brücke zerbrach mit lautem Getöse in drei Teile, wobei der Autobus und der Kleinbus des ORF-Chauffeurs ins Wasser fielen. Der Bus ragte noch aus dem Wasser, während der Kleinbus binnen Sekunden von den Fluten der Donau verschlungen wurde.

Sylvias Unterkiefer war nach unten geklappt und sie hatte ihre Augen weit aufgerissen. Ihre Gesichtsfarbe glich mittlerweile einer frischgetünchten Wand.

Aber das kann doch unmöglich sein, stammelte Sylvia und presste Gerry unbewusst so fest an ihre Brust, dass dieser protestierend aufschrie.

Mark starrte mit einem triumphierenden Ausdruck im Gesicht auf das Geschehen.

Wie ist das nur möglich? Sylvia starrte Mark mit einem fast wütenden Gesichtsausdruck an. *Sag mir doch bitte, wie so was möglich ist!*

Heißt das, du glaubst mir jetzt endlich, dass ich aus der Zukunft komme?

Ja, nein. Ich meine, ich weiß gerade nicht, was ich noch glauben kann. Sylvias bislang so gefestigtes Weltbild war gerade von einer in die Donau gestürzten Brücke mit in die Fluten gerissen worden. Ihre Gedanken drehten sich immer schneller im Kreis und die Erkenntnis, dass Mark möglicherweise doch kein geistesgestörter Irrer war, klopfte pochend an ihre Hirnpforte.

Die Jalousie vor dem winzigen Fenster ihres Pensionszimmers war heruntergelassen und der Deckenventilator versuchte die stickige heiße Sommerluft vergeblich von einer Ecke des Zimmers in die andere zu schaufeln. Mark und Sylvia saßen an dem kleinen Kunststofftisch, während Gerry mittlerweile friedlich auf dem Doppelbett schlummerte. Die ganze Aufregung rund um den Reichsbrückeneinsturz war für ihn zu viel gewesen. Sylvia hatte sich mittlerweile wieder etwas beruhigt. Sie hatte zwei von Marks Zigaretten geraucht und ein Glas Wodka mit einem erstaunlich großen Schluck geleert. Nun saß sie seit einer guten halben Stunde regungslos da und starrte auf einen imaginären Punkt irgendwo schräg hinter Marks linker Schulter.

Plötzlich wandte sie unvermittelt den Kopf in seine Richtung und begann zu fragen. *Könntest du mir jetzt vielleicht erklären, wie um alles in der Welt das möglich ist.*

Mark lehnte sich in seinem Stuhl zurück und nahm sich auch noch einen Schluck aus der Wodkaflasche. *Ich habe mich natürlich schon mit dem Thema Zeitreise beschäftigt, bzw. hatten wir in der Schule einen recht engagierten Physiklehrer, der fast ein halbes Semester diesem Thema gewidmet hat. Um es kurz zu machen: Nach dem derzeitigen Stand der Wissenschaft sind Zeitreisen in die Vergangenheit prinzipiell nicht möglich. Es gibt zwar einige interessante theoretische Ansätze dazu, jedoch ist deren praktische Durchführung in absehbarer Zeit wohl nicht möglich.*

Mein Physiklehrer war leider nicht so engagiert. Der hat sich darauf beschränkt, die Schülerin mit dem kürzesten Rock an die Tafel zu holen, um ihr dann besser auf die Beine starren zu können. Bring mich ein bisschen auf den neuesten Stand.

Nun, theoretisch könnte man sogenannte Wurmlöcher für Zeitreisen verwenden. Die Relativitätstheorie besagt ja, dass große Massen, wie zum Beispiel ein Schwarzes Loch den Raum um sich herum krümmen. Ein Schwarzes Loch entsteht, wenn ein Stern stirbt. Sterne, so wie unsere Sonne, sind nichts Anderes als riesige Ansammlungen von Wasserstoffgas, wobei es in so einer Sonne furchtbar heiß ist und extrem hohe Drücke herrschen. Unter den genannten Bedingungen verschmelzen zwei Wasserstoffatome zu einem Heliumatom, wobei Energie frei wird, die dir am Strand die Bräune verschafft. Und am Ende seines Lebens, wenn die Wasserstoffvorräte des Sterns zur Neige gehen, gibt er noch einmal so richtig Gas und bläht sich zu einem roten Riesen auf. Danach explodiert er zu einer sogenannten Supernova. Was vom Stern übrig bleibt, schrumpft in sich zusammen und wird extrem massereich. Je nach Größe des Ausgangssternes kann sich dabei ein Schwarzes Loch bilden. Dieses Schwarze Loch heißt deswegen so, weil es durch seine enorme Masse alles um sich herum einsaugt, selbst das Licht. Durch diese unvorstellbar große Masse beeinflusst so ein Schwarzes Loch auch den Raum um sich herum. Wenn du dir unser Bett hier als den Weltraum vorstellst und deine Reisetasche als ein Schwarzes Loch, dann drückt die Tasche eine Delle in die Matratze. Diese Delle entspricht dann der Raumkrümmung. Und da laut der Relativitätstheorie Raum und Zeit untrennbar miteinander verbunden sind, wird in der Nähe eines solchen Schwarzen Loches somit nicht nur der Raum, sondern auch die Zeit gekrümmt. Die Existenz dieser Schwarzen Löcher hat man mittlerweile nachweisen können – erst unlängst wurde sogar eins fotografiert. Nun kann man aus den Gleichungen der allgemeinen Relativitätstheorie auch sogenannte Weiße Löcher herausinterpretieren. Die wären vereinfacht gesagt das Gegenteil eines Schwarzen Loches. Schwarze Löcher ziehen Masse an, weiße stoßen sie aus. Und in Verbindung könnten die beiden besagtes Wurmloch ergeben, nach ihren Entdeckern auch Einstein-Rosenbrücke genannt. Könnte man nun durch so ein Wurmloch hindurchfliegen, wäre theoretisch eine Zeitreise möglich. Blöderweise lassen sich diese Wurmlöcher nicht ohne einen immens hohen Energieaufwand herstellen und wären dann zudem auch noch extrem instabil.

Sylvia runzelte verwirrt die Stirn. *Moment mal, hast du nicht eben noch behauptet, du wärest kein Physikgenie. Dafür kennst du dich aber erstaunlich gut mit dem Zeug aus!*

Mark wurde leicht rot im Gesicht und wiegelte ab. *Ich gebe nur das wieder, was du bei uns in der Wikipedia nachlesen kannst. Das ist eine Wissensdatenbank im Internet. So ähnlich wie die Brockhaus Enzyklopädie. Die wirklichen Physikgenies haben noch eine ganze Menge mehr drauf.*

Ok und was gibt's noch für Möglichkeiten, eine Zeitreise zu realisieren? Du hast gesagt, dass Reisen in die Vergangenheit so gut wie unmöglich sind. Was ist dann mit Reisen in die Zukunft?

Also der Reihe nach. Es gibt da noch eine Überlegung, dass es Tachyonen geben könnte. Das sind hypothetische Teilchen, die sich mit Überlichtgeschwindigkeit fortbewegen. Nach einem Gedankenexperiment von Albert Einstein würden sich überlichtschnelle Teilchen durch die Zeit zurückbewegen. Dann gibt es noch einen gewissen Herrn Kurt Gödel, er war oder besser gesagt ist er ein österreichischer Physiker. In dieser Zeit hier lebt er ja noch. Auf jeden Fall hat der Mann bei der Untersuchung der Gleichungen der allgemeinen Relativitätstheorie entdeckt, dass es als eine Lösungsmöglichkeit dieser Gleichungen ein rotierendes Universum geben könnte. Das sogenannte Gödeluniversum. Und ein rotierendes Universum könnte einem Objekt die Rückkehr in seine Vergangenheit ermöglichen.

Also, wenn ich das richtig verstanden habe, dann stützen sich all diese Theorien um Reisen in die Vergangenheit auf ein paar Gleichungen von Einstein.

Genauso ist es!

Und was ist jetzt mit Reisen in die Zukunft?

Nun ja, ich habe ja vorhin erwähnt, dass nach Einstein Raum und Zeit untrennbar miteinander verbunden sind. Das bedeutet, wenn der Raum gekrümmt wird, wird auch die Zeit gekrümmt. Es gab da Experimente, mit Uhren in fahrenden Zügen. Dabei hat man zwei Uhren genau auf dieselbe Zeit eingestellt. Eine der Uhren blieb im Bahnhof stehen, die andere Uhr hat man in einem sehr schnell fahrenden Zug platziert. Nach der Fahrt hat man festgestellt, dass die Zeit der bewegten Uhr langsamer vergangen ist als die der unbewegten Uhr. Den gleichen Effekt kannst du auch erzielen, wenn du die Uhren an unterschiedlich hoch gelegenen Orten auf der Erde aufstellst. Also z. B. könntest du eine Uhr am Stephansplatz positionieren und die andere am Gipfel des Großglockners abstellen. Hierbei würdest du feststellen, dass die Uhr am Stephansplatz langsamer geht als die vom Großglockner. Das liegt daran, dass für ein Objekt, das stärkerer Gravitation ausgesetzt ist, die Zeit langsamer vergeht als für ein Objekt, das schwächerer Gravitation ausgesetzt ist. Das nennt sich dann Zeitdilatation. Und die Gravitation auf der Erde nimmt umso mehr ab, je weiter weg sich der Körper vom Erdmittelpunkt befindet. Ich muss allerdings dazu sagen, dass die Zeitunterschiede aus den Experimenten mit den Uhren marginal waren. Wir sprechen da von Bruchteilen von Bruchteilen von Sekunden. Um also z. B. gleich ein paar Jahre in die Zukunft reisen zu können, müsste man sich schon in einem Raumschiff befinden, das mit Lichtgeschwindigkeit fliegt. Das Problem dabei ist jedoch, dass die Energie eines Körpers wächst, wenn er beschleunigt wird. Und da laut Einsteins berühmter Gleichung $E=m.c^2$ – also Energie gleich Masse mal Lichtgeschwindigkeit zum Quadrat – Masse und Energie faktisch dasselbe sind, würde ein Körper, der mit Lichtgeschwindigkeit unterwegs ist eine unendlich hohe

Masse haben. Somit hätte dann auch der Raumfahrer diese hohe Masse. Kurz gesagt würde ein Mensch den Flug in so einem Raumschiff wohl nicht überleben. Und zudem bräuchte ich wohl auch eine unendlich hohe Energiezufuhr, um einen Körper mit Masse auf Lichtgeschwindigkeit zu beschleunigen, was wiederum physikalisch nicht möglich ist.

Sylvia kratzte sich sichtlich verwirrt am Kopf und stieß die Luft aus ihren geblähten Backen aus. *Also, vielen Dank erst mal für die Nachhilfestunde, meinen Physiktest hast du gerettet. Aber die Quintessenz des Ganzen ist doch wohl auch, dass Zeitreisen mit den derzeit zur Verfügung stehenden Ressourcen ein Ding der Unmöglichkeit sind, egal ob nun in die Vergangenheit oder in die Zukunft. Dann musst du mir aber eines erklären: Wie zur Hölle bist du dann hierhergekommen?*

Mark hatte sich selbst auch schon diese Frage gestellt. Fakt war aber, *dass* er durch die Zeit gereist war. Die einzig logische Erklärung war wohl, dass irgendwer offenbar schon seit geraumer Zeit wohl im Geheimen zum Thema Zeitreise Forschungen betrieb. Und dieser jemand hatte offenbar einen entscheidenden Durchbruch erzielt.

Also, in Bezug auf die Frage nach dem WIE bin ich selbst noch ratlos, aber zu der Frage nach dem WARUM habe ich mir schon meine Gedanken gemacht. Es gibt nämlich noch ein weiteres Problem im Rahmen von Zeitreisen, vor allem dann, wenn man in die Vergangenheit reist. Ich habe doch vor ein paar Tagen über das Großvaterparadoxon gesprochen.

Ja, ich kann mich erinnern. Wenn ich in die Vergangenheit reise und meinen Opa meuchle, dann verhindere ich damit gleichzeitig meine eigene Geburt, da ja entweder mein Vater oder meine Mutter durch den Tod des Großvaters ebenfalls nicht geboren werden. Und wenn ich nicht geboren werde, kann ich folgerichtig auch nicht in die Vergangenheit reisen, um meinen Großvater zu killen. Und so weiter und so fort.

Stimmt genau, da kann man schon leicht meschugge werden! Es gibt Theorien, die zu erklären versuchen, warum man die Vergangenheit nicht verändern kann, wie etwa die Theorie der Parallelwelten. Dieser Theorie zufolge würde man bei jeder Zeitreise ein Paralleluniversum erzeugen. Das heißt, man reist gar nicht in seine tatsächliche Vergangenheit, sondern in eine parallele Welt, in der einfach eine frühere Zeit herrscht. Damit würde man also lediglich den Opi aus der Parallelwelt entleiben und der Großvater aus der ursprünglichen Vergangenheit könnte wie geplant mit der Oma zugange sein und sich weiterhin fleißig um den Fortbestand seiner Familie kümmern. Da aber sowieso alles, worüber wir hier sprechen, bloß graue Theorie ist, könnte es ja sein, dass man sehr wohl durch Zeitreisen die Vergangenheit ändern kann. Wir haben das ja schon mal diskutiert. Was wäre also, wenn du oder Gerry in der Zukunft irgendetwas tun werdet, dass jemandem gar nicht gefällt. Dann wäre es doch am einfachsten, die Ursache für das Problem zu beseitigen.

Indem man in die Vergangenheit reist, mich und meinen Sohn killt und somit verhindert, dass wir in der Zukunft tun, was immer auch diesem Jemand nicht in den Kram passt.

Mark stieß den Zeigefinger seiner linken Hand in die Luft. *Haargenau und wir müssen jetzt nur noch herausfinden, was das ist. Was auch immer hinter diesem Mordkom-*

plott steckt, die nötigen Informationen dazu finden wir am ehesten in der Wohnung des Killers.

Aha und wie kommen wir in die Wohnung. Bist du jetzt außer Physikprofessor auch noch Experte im Einbrechen?

Leider nicht! Und deswegen kommst du ins Spiel.

Sylvia riss die Augen auf und beugte sich so schnell nach vorne, dass sie beinahe die Wodkaflasche vom Tisch gefegt hätte. *Wie darf ich das denn verstehen? Soll ich mich am Ende verkleidet als Bordsteinschwalbe dem Typen für die Nacht anbieten?!*

Mark hob beruhigend die Hände. *Nein nein, nichts dergleichen! Aber du könntest mit Gerrys Hilfe den Hausmeister davon überzeugen, uns in die Wohnung zu lassen. Ich habe mir das so vorgestellt, dass du dem Hausmeister irgendeine Geschichte erzählst und an sein Mitgefühl appellierst, damit er dich in die Wohnung lässt.*

Sylvia überlegte eine Weile hin und her. *Hmm, das könnte tatsächlich funktionieren. Gute Hausmeister sind normalerweise sehr hilfsbereit, wenn man mit einem Problem zu ihnen kommt. Ich könnte ihm ja erzählen, dass ich mit unserem Freund ein Rendezvous habe und er aber nicht daheim ist.*

Genau und dass du dringend das Baby versorgen musst und deinen Zweitschlüssel gerade nicht finden kannst.

Na gut, es gefällt mir zwar gar nicht, dass ich mein Kind für so eine miese Nummer missbrauchen soll, aber es scheint, als hätten wir keine andere Möglichkeit.

Keine Sorge, wir werden das gemeinsam durchziehen! Ich habe unseren Freund dabei beobachtet, wie er etwa um die Mittagszeit zuerst essen und danach Zigaretten kaufen geht. Wenn er das regelmäßig so macht, hätten wir ein Zeitfenster von eineinhalb Stunden für die Aktion. Ich hoffe nur, dass der Hausmeister auch wirklich mitspielt.

Das lass nur meine Sorge sein, im Bezirzen von Hausmeistern bin ich Weltklasse!

Perfekt, dann werde ich in den nächsten Tagen die Gewohnheiten des Killers studieren.

***

Der Protokollführer schob seine Nickelbrille auf die von etlichen Querfalten zerfurchte Stirn und warf einen Blick in die Runde. *Nun meine Herren, gibt es irgendwelche Neuigkeiten?*

Der Mann mit dem blonden Bürstenhaarschnitt straffte seine Schultern und rückte ein paar vor sich auf dem Tisch liegende Blätter zurecht. *Unser Mann vor Ort hat bereits einige Fortschritte erzielt, allerdings ist das Problem bislang noch nicht beseitigt, da sich durch die Einmischung dieses Nachtwächters einige unvorhergesehene Parameteränderungen ergeben haben.*

Der Protokollführer hieb wütend eine Faust auf die Rauchglasplatte des teuren Bürotisches. *Ihnen ist hoffentlich klar, dass wir mit jedem Tag, den wir verlieren, unaufhaltsam auf eine Katastrophe zusteuern. Was bitte ist so schwer daran, zwei junge Leute und einen Säugling aus dem Weg zu räumen?*

Bürstenschnitt ließ sich durch den heftigen Ausbruch des Protokollführers jedoch nicht aus dem Konzept bringen und fuhr mit unveränderter Miene fort. *Grundsätzlich gar nichts, aber Sie dürfen auch nicht vergessen, dass wir durch Hellmanns peinliches Versagen wertvolle Zeit verloren haben. Aber nichts desto trotz ist mein Mann vor Ort bereits einen wesentlichen Schritt weitergekommen. Wir haben ja zusätzlich, für alle Fälle einen weiteren Kontaktmann bei der örtlichen Polizei eingeschleust, der sich nun darum kümmert, die Zielpersonen ausfindig zu machen.*

Der Protokollführer nahm seine Brille ab und fuhr sich sichtlich entnervt über das Gesicht. *Sonst noch was?*

Der Mann mit dem hellbraunen Seitenscheitel hob zögernd seine Hand. Ihm war seine Nervosität direkt vom Gesicht abzulesen. *Es hat leider noch eine weitere Einmischung gegeben.*

Was soll das heißen, ist vielleicht noch ein weiterer Schutzengel mit durch die Zeit gereist?

Das nicht, aber wir haben einen unautorisierten Zugriff auf unser internes System entdeckt.

Wie, ein Hacker?

Meine Techniker sind eben dabei, genau das herauszufinden. Bis jetzt haben wir lediglich ermitteln können, dass der Angriff aus der Zeit dieses Nachtwächters stammt.

Der Kopf des Protokollführers flog so abrupt herum, dass seine Brille von der Stirn gefegt wurde. *Wollen Sie damit andeuten, dass sich der Student vor seiner Abreise jemandem anvertraut haben könnte?*

Der Mann mit dem Bürstenschnitt ergriff das Wort. *Wohl kaum, dazu hätte er auch gar nicht mehr die Zeit gehabt. Ich vermute eher, dass wir eine undichte Stelle im System haben.*

Der Protokollführer angelte seine Brille vom Boden und inspizierte kurz deren Gläser. Die Brille war jedoch dank des hochflorigen Teppichbodens unversehrt geblieben. *Ein Maulwurf, das hat uns gerade noch gefehlt! Gut, meine Herren, ich werde sofort eine umfassende Prüfung unserer Organisation veranlassen. Dieser Verräter muss umgehend identifiziert und unschädlich gemacht werden.* Mit diesen Worten vertagte der Protokollführer die Sitzung.

***

Ebner hasste es, zur Untätigkeit verdammt zu sein, aber vor Montag 8 Uhr war kaum damit zu rechnen, dass sein Kontakt bei der Polizei von sich hören ließ. Verdammte Bürokratie. Dafür konnte der V-Mann allerdings nicht verantwortlich gemacht werden. Und zudem musste der Mann tunlichst danach trachten, unter dem Radar zu bleiben, sich so unauffällig, wie möglich zu verhalten. Wenn er durch unautorisierte Überstunden am Wochenende aufflog, war ihr Vorteil dahin. Außerdem hatte Ebner durch seine Kontaktleute aus der Zukunft, die Mitteilung erhalten, dass es noch eine weitere Einmischung gegeben hatte. Offensichtlich hatte sich irgendjemand erfolgreich in das System der Organisation eingeschlichen. Schön langsam begann Ebner das dilettantische Vorgehen der Organisation zu ärgern. Zuerst hatten sie diesen Versager Hellmann geschickt, der auf ganzer Linie gescheitert war und sich dann auch noch von einem Studenten hatte erschlagen lassen. Und jetzt auch noch ein Maulwurf? Wie sollte ein Profi, wie er erfolgreich seinen Auftrag ausführen, wenn ihm irgendjemand ständig Knüppel zwischen die Beine warf? Wenn Ebner eines im Laufe seines Lebens gelernt hatte, so war das die Tatsache, dass man nur sich selbst vertrauen konnte. Und je mehr Personen in eine Operation involviert waren, desto eher schlichen sich Fehler ein. Wie hieß es doch so schön: Viele Köche verderben den Brei. Diese simple Weisheit hatte sich einmal mehr bewahrheitet. Aber Ebner würde sich von solchen Widrigkeiten nicht beirren lassen, er wusste, wozu er fähig war und er würde diesen Auftrag zu Ende bringen, notfalls ohne fremde Hilfe. Er nahm sich außerdem vor, in Zukunft doppelt aufmerksam zu sein, denn diese Einmischung, wie seitens der Organisation kolportiert worden war, konnte auch bedeuten, dass noch weitere unliebsame Besucher aus der Zukunft ihre Aufwartung machen könnten.

***

Während sich Sylvia um ihren Sohn kümmerte, hatte Mark damit begonnen, Ebners Gewohnheiten auszuspionieren. Er hatte sich zu diesem Zweck mit einer Zeitung und seinem Fernglas bewaffnet auf einer Sitzbank neben einer Straßenbahnstation postiert. Während er vorgab emsig die neuesten Nachrichten zu studieren, warf er in regelmäßigen Abständen einen unauffälligen Blick auf Ebners Mercedes, der nach wie vor direkt vor der Haustüre zu seiner Wohnung abgestellt war. Kurz vor Mittag trat dieser in neuer Verkleidung auf die Straße. Er trug jetzt einen bodenlangen dünnen Mantel und hatte sich eine Langhaarperücke aufgesetzt. Aber Mark hatte sich die Art des Killers, sich zu bewegen, gut eingeprägt, sodass er ihn trotz der Maskierung sofort erkannte. Was ihm allerdings auffiel war, dass Ebner sich in regelmäßigen Abständen unauffällig umsah, so als fürchtete er verfolgt zu werden. Spürte er womöglich, dass er hinter ihm her war? Mark nahm sich vor, bei seiner Überwachung noch vorsichtiger zu sein, als er es ohnehin schon war. Bei Typen, wie diesem Ebner musste man auf alles vorbereitet sein. Zudem bestand auch immer noch die Möglichkeit, dass Killer hier nicht allein operierte. Erfreulich war zumindest, dass Ebner trotz aller Vorsicht offensichtlich trotzdem ein Gewohnheitstier war, zumindest, was sein leibliches Wohl und den Gebrauch von Genussmitteln anging. Wie Mark gehofft hatte, hatte der Killer sowohl dem Gasthaus, als anschließend auch dem Tabakgeschäft einen Besuch abgestattet. Mark wollte das am Montag nochmals überprüfen. Denn wenn sie unbeschadet Ebners Wohnung durchsuchen wollten, durften sie sich nicht auch nur den kleinsten Fehler erlauben. Er betrat eine der zur damaligen Zeit noch allgegenwärtigen Telefonzellen und rief Sylvia auf dem Zimmer in ihrer Pension an. Sie erzählte ihm aufgeregt, dass sie eben im Radio von Niki Laudas schwerem Unfall am Nürburgring gehört hatte. Nun war auch das zweite Ereignis eingetreten, dass den 1. August 1976 als Schwarzen Sonntag in die Geschichte Österreichs eingehen lassen würde. Mark unterrichtete Sylvia kurz von seinen Beobachtungen und dass sie voraussichtlich am Dienstag ihre Aktion in Ebners Wohnung würden starten können. Ganz wohl war ihm nicht dabei, seine neue Freundin einer solchen Gefahr auszusetzen, aber wenn sie verstehen wollten, was sie ins Visier dieser verschwörerischen Organisation gebracht hatte, brauchten sie unbedingt mehr Informationen. Mark legte den Hörer zurück auf die Gabel und machte sich auf den Weg zurück zur Pension.

***

Peter Weissenecker studierte die Liste mit dem Personal von Digital Orbit Enterprises von 2019 eingehend und las sich die Profile der Beteiligten genau durch. Er fuhr sich mit einer Hand über seinen perfekt gestutzten, blonden Bürstenhaarschnitt und legte seine Hand einen Moment lang in seinen Stiernacken. Weissenecker ging die selbstgerechte Art Liebknechts langsam auf die Nerven, aber er konnte die Nervosität seines Vorgesetzten auch gut verstehen. Es stand zu viel auf dem Spiel. Sollte das vorausberechnete Ereignis tatsächlich eintreten, würde das zu einer beispiellosen Katastrophe führen und das mussten sie unter allen Umständen verhindern. Weissenecker wandte sich nochmals Mark Bergers Dossier zu. Das Foto rechts oben auf der ersten Seite des Dossiers zeigte einen gut aussehende Anfangzwanziger mit kurz geschorenen dunklen Haaren. Laut dem Dossier hatte Berger, bis auf eine in Salzburg lebende Tante keine

Verwandten mehr und lebte allein in Wien. Er studierte erfolgreich Geschichte und kannte sich nebenbei mit Computern sehr gut aus. Angeblich arbeitete er auch an einer Geschichtsdatenbank, ähnlich der Wikipedia. Um sich sein Studium zu finanzieren, hatte er schließlich den Nachtwächterposten bei Digital Orbit Enterprises angenommen. Laut dem Dossier hatte Berger den Job auf dem schwarzen Brett seiner Universität entdeckt und sich umgehend darauf beworben. In dem Dossier war nichts Verdächtiges oder Außergewöhnliches zu finden. Zumindest nichts, was darauf hindeuten könnte, dass Berger nicht nur aufgrund Hellmanns Unfähigkeit zufällig mit in die Vergangenheit gereist war. Weissenecker war außerdem noch nicht ganz klar, wie diese Einmischung, bzw. der Angriff auf das System der Organisation aus dem Jahr 2019 kommen sollte. Denn wenn jemand aus einer anderen Zeit geplant hätte, ihre Aktion zu verhindern, stellte sich einerseits die Frage, woher dieser jemand seine Informationen bezogen hatte, bzw. müsste eine solche Einmischung viel auffälliger die Zeitkausalitäten durcheinandergebracht haben, als es hier der Fall war. Denn so viel war jedenfalls klar, auch nur die kleinste Abweichung im Ablauf der Vergangenheit hätte unweigerlich eine mehr oder weniger deutliche Veränderung der Zukunft zur Folge. Weissenecker ging somit nach wie vor davon aus, dass der Student nur durch einen unglücklichen Zufall in die Sache verwickelt worden war und die Daten über das Eindringen in das System der Organisation fehlerhaft waren. Trotz allem nahm er sich vor alle Dossiers eingehend durchzuarbeiten. Er würde sich in keinem Fall irgendeinen Fehler anlasten lassen. In Erwartung einer langen und arbeitsreichen Nacht brühte sich Weissenecker noch einen starken Kaffee auf und widmete sich wieder seinen Dossiers.

***

Es war zwei Uhr nachts, als Manfred Gerlach seine Level-3-Zutrittskarte an die Konsole bei dem Lift hielt. Er hatte dem alten Mertens, der heute Nacht Dienst tat erzählt, dass er noch einen Bericht zu Ende schreiben müsste, jedoch spätestens in einer Stunde damit fertig wäre. Mertens hatte Gerlach jedoch nur in die Liste eingetragen – das war aus Sicherheitsgründen notwendig, wenn jemand außerhalb der regulären Dienstzeit anwesend war – und sich dann wieder seinem Fernsehprogramm gewidmet. Gerlach fuhr mit dem Lift ins zweite Untergeschoss, betrat den Sicherheitsbereich und startete sogleich den Steuerungscomputer für die Zeitmaschine. Es war ihm doch etwas mulmig zumute, als er das Jahr 1888 ins Parameterfeld eintippte. Was immer Gerlach dort erwarten würde, er müsste sich beeilen, da das Zeitportal für maximal 15 Minuten stabil war, danach wäre eine Rückkehr in die Gegenwart unmöglich. Gerlach hatte die Koordinaten, die das Diagnoseprogramm ermittelt hatte, geringfügig abgeändert, sodass er in einiger Entfernung, aber noch in Sichtweite zu Michaelis ankommen würde. Nachdem er zur Sicherheit nochmals alles ganz genau überprüft hatte, startete Gerlach die Zeitmaschine und fand sich einen Moment später mitten auf einem bereits abgeernteten Weizenfeld wieder. Rings um ihn herum lag bereits trockenes Heu für den Abtransport in den Bauernhof zu großen Haufen vorbereitet. Es war exakt 15:40 Uhr, noch fünf Minuten, bevor Michaelis ankommen würde. Gerlach suchte im Schutz eines Heuhaufens Deckung und sah sich vorsichtig um. Das Feld, auf dem er sich befand, war in etwa 200 Metern Entfernung durch einen schmalen Weg begrenzt und hinter ihm ragte in einiger Entfernung der Kirchturm einer Ortschaft auf. Gerlach wusste, dass einem sich gerade öffnenden Zeitportal unter anderem eine geringfügige Veränderung des Luftdrucks vorausging. Die Luft würde zum Flimmern anfangen, so ähnlich wie über heißem Asphalt im Sommer. Um exakt 15:45 entdeckte Gerlach genau dieses Flimmern über dem Feldweg, den er zuvor gesehen hatte. Langsam und vorsichtig begann er auf dieses Flimmern zuzugehen. Und wirklich stand plötzlich sein Chefingenieur mitten auf dem Feldweg, der dort einen kleinen Hohlweg bildete. Michaelis war genau zwischen einer jungen Frau aufgetaucht, die aus der Richtung der Ortschaft kam und einem führerlosen Pferdefuhrwerk, dessen Heuladung Feuer gefangen hatte. Die sowieso schon durch das Feuer aufgeschreckten Pferde gerieten, ob Michaelis plötzlichem Auftauchen, komplett außer Rand und Band und brachten das Fuhrwerk zum Umstürzen. Die brennende Ladung Heu kam dadurch ins Rutschen und begrub den sichtlich komplett verwirrten Ingenieur sowie eines der Pferde unter sich. Da der Hohlweg an der Unfallstelle eine Biegung aufwies und die Böschung an der Stelle etwa zwei Meter bis zum Feld hin aufragte, hätte die junge Frau keine Chance gehabt. Ohne das plötzliche Auftauchen von Michaelis hätte das Pferdefuhrwerk sie unter sich begraben und sie wäre, wie nun Michaelis an ihrer Stelle, verbrannt. Gerlach hatte noch helfen wollen, war aber zu spät gekommen. Eine leichte Brise wehte den Geruch verbrennenden Fleisches in seine Richtung – er konnte seinem Techniker nicht mehr helfen. Er wollte noch der schreiend Richtung Ortschaft davongeeilten jungen Frau nach, um sich zumindest bei ihr nach ihrem Befinden zu erkundigen, aber dazu reichte seine Zeit nicht mehr aus. Und so eilte Gerlach zu seinem Ausgangspunkt auf dem Feld zurück, um noch rechtzeitig zu seinem Portal zurückzukommen, bevor sich dieses für immer schließen würde. Im Laufen fiel ihm ein, dass er Michaelis zu einem späteren Zeitpunkt immer noch helfen würde können. Er müsste nur beim nächsten Mal die Zeitreiseparameter so abändern, dass er den Unfallort rechtzeitig erreichen könnte. Zur Sicherheit wollte er jedoch vorher die Hintergründe zu diesem Unfall recherchieren. Eigentlich wäre er gerne nochmals durch die Zeit gereist, um sich als Reporter getarnt, in der Ortschaft unauffällig nach der jungen Frau zu erkundigen, aber dazu war das Zeitfenster bis zum Zusammenbrechen des Zeitportals einfach zu kurz. Gerlach war klar, dass Michaelis mit seinem unbeabsichtigten Eingreifen der jungen Frau das Leben gerettet hatte, jedoch konnte er noch nicht abschätzen, inwieweit Michaelis dadurch die Vergangenheit verändert hatte. Und damit auch die Zukunft. Er musste schauen, ob er in alten Zeitungsarchiven etwas über diesen Unfall recherchieren konnte. Gerlach erreichte die Stelle, an der er angekommen war, kurz bevor sich das Portal schloss. Er hatte die Parameter für seine Reise ins Jahr 1888 so eingestellt, dass er eine Minute nach seiner Abreise wieder ankommen würde.

Manfred Gerlach hatte sich nach seiner Rückkehr sofort an seinen Computer gesetzt, um mit seiner Recherche zu beginnen. Als Erstes öffnete er den Webbrowser, um anhand der Koordinaten den Ort zu ermitteln, an dem

Michaelis angekommen war. Anschließend durchforstete er das Internet nach alten Zeitungsartikeln aus der Region. Auf einem Suchportal der Österreichischen Nationalbibliothek wurde Gerlach schließlich fündig. In der "Neuen Warte am Inn", einer wöchentlich erscheinenden Regionalzeitschrift entdeckte er den entsprechenden Artikel in der Ausgabe vom 1. September 1888. Es dauerte eine Weile, bis Gerlach mit der damals noch verbreiteten Kurrentschrift zurechtkam, aber er konnte den Bericht dann trotzdem gut entziffern. Als er den Namen der jungen Frau las, die bei dem Unglück mit dem Schrecken davongekommen war, wie in dem Artikel stand, wäre Gerlach vor Schreck fast von seinem Bürostuhl gefallen. Der Name in Verbindung mit dem Ort und dem Zeitpunkt des Geschehens machte Gerlach mit einem Mal sonnenklar, dass Michaelis mit seiner Einmischung die Zukunft in einer Art und Weise verändert hatte, die die nachfolgenden Jahrzehnte nachhaltig beeinflussen sollte. Und im selben Moment wurde ihm auch bewusst, dass er Michaelis nicht würde retten können. Er musste im Gegenteil sogar alles Menschenmögliche dafür tun, dass sich der Vorfall in genau dem veränderten Ablauf abspielte. Wenn ihm das nicht gelang, würde das zu einer beispiellosen Katastrophe führen, die die Existenz von Millionen von Menschen gefährden konnte, einschließlich seiner eigenen. Gerlach griff zum Telefon und wählte die Nummer eines Exarbeitskollegen aus seiner Zeit bei CERN. Dieser Arbeitskollege hatte Gerlach vor einigen Jahren ein Versprechen gegeben und dass würde er nun einlösen.

***

Der restliche Sonntag verlief relativ ereignislos und nachdem Gerry bettfertig gemacht war, setzten sich Sylvia und Mark wieder an den kleinen Tisch, um ihr weiteres Vorgehen zu besprechen. Diesmal jedoch mit einer Kanne Kaffee, statt mit Wodka.

Mark nippte vorsichtig an seiner Tasse, um sich nicht zu verbrühen und zündete sich eine Marlboro an. Sylvia hatte vorsorglich das Fenster weit geöffnet, um den Kleinen nicht dem Rauch auszusetzen. *Ich habe mir überlegt, dass es wohl am besten sein wird, wenn wir alle paar Tage unser Quartier wechseln. Das ist zwar etwas umständlich, aber so verbessern wir unsere Chancen, unentdeckt zu bleiben.*

Ja, das macht Sinn! Ich glaube auch nicht, dass wir es nur mit einem Verfolger zu tun haben. Die haben sicherlich noch mindestens einen weiteren Mann angeheuert, der uns aufspüren soll.

Wir müssen auf jeden Fall spätestens nächsten Dienstag oder Mittwoch in die Wohnung des Killers. Denn ich wette mit dir, dass wir dort irgendeine brauchbare Information finden werden. Ich hoffe es zumindest sehr!

Tja, da ich mich wohl oder übel damit abfinden muss, dass du wirklich aus der Zukunft kommst, könntest du mir doch ein bisschen erzählen, was so in nächster Zeit passieren wird.

Oh, da kommt so einiges auf uns zu. Nehmen wir z. B. den Nahen Osten, da wird sich zu Ende dieses Jahrzehnts die politische Lage enorm zuspitzen. Anfang 1979 wird ein iranischer Geistlicher namens Ruhollah Khomeini den Schah von Persien stürzen und dazu zwingen, den Iran zu verlassen.

Khomeini gilt als der Gründer der islamischen Revolution, die in der darauffolgenden Zeit einen Regimewechsel im Iran provozieren und zur Entstehung eines Gottesstaates führen wird. Aufgrund dieser Ereignisse wird sich das, bis dahin sogar sehr freundschaftliche Verhältnis zu den USA zusehends verschlechtern, bis im November 1979 revolutionstreue Studenten die amerikanische Botschaft in Teheran stürmen und über ein Jahr lang besetzen werden. Ende 1980 wird es dann zwischen dem Irak und dem Iran zum sogenannten ersten Golfkrieg kommen, der bis 1988 andauern und außer unzähliger Toter auf beiden Seiten zu sonst keinem Ergebnis führen wird. Im Prinzip geht es dabei um die Vorherrschaft am Persischen Golf, aber es wird auch klar, dass dieser Krieg in Wahrheit ein Stellvertreterkonflikt zwischen dem Iran und den USA ist, denen der Regimewechsel im Iran und die Besetzung ihrer Botschaft nicht gepasst hat. Der Irak wird noch in zwei weitere Golfkriege verwickelt, bis der dortige Diktator Saddam Hussein entmachtet und von seinen eigenen Leuten hingerichtet wird.

Wahnsinn! Aber dass es im Nahen Osten noch heiß hergehen wird, beginnt sich ja jetzt schon abzuzeichnen. Und was wird sich hierzulande so alles tun in den nächsten Jahren.

Da wäre z. B. das Kernkraftwerk in Zwentendorf. Ende des übernächsten Jahres wird sich die österreichische Bevölkerung bei einer Volksabstimmung mit knapper Mehrheit gegen die Inbetriebnahme des Kraftwerks entscheiden. Damit werden mehrere Milliarden Schilling, die der Bau verschlungen hat in den Sand gesetzt. Übrigens eine sehr gute Entscheidung, denn nicht mal acht Jahre später wird es zu einer nuklearen Katastrophe im sowjetischen Kernkraftwerk in Tschernobyl kommen, die das Umland auf Jahre hinaus radioaktiv verseuchen wird. Sogar hierzulande werden die Auswirkungen der Katastrophe zu spüren sein.

Na bumm, der Gerry wird in einer tollen Zeit aufwachsen!

Ja, leider.

Und sonst?

Naja, in Wien wird in den nächsten Jahren fleißig am U-Bahnnetz gebaut und in zwanzig Jahren wird es in der Stadt dann fünf U-Bahnlinien geben. In zwei Jahren wird das erste Teilstück der U1 vom Reumannplatz zum Karlsplatz eröffnet.

Ach ja, im Jahr 1985 wird in Österreich der Weinskandal bekannt. Dabei wird aufgedeckt, dass etliche Winzer in Österreich ihre Weine mit Ethylenglycol versetzen, um ihnen einen süßeren Geschmack zu verleihen. Ethylenglycol ist eigentlich ein Frostschutzmittel. Na jedenfalls wird das extrem hohe Wellen schlagen und die in- und ausländische Medienlandschaft ordentlich durchschütteln. Für die restlichen ehrlichen Winzer in Österreich wird dieser Skandal natürlich einen massiven Imageverlust bedeuten, auf einmal wird jeder den anderen verdächtigen, seinen Wein zu panschen und so weiter. Es wird Jahre dauern, bis Österreich wieder ein renommiertes Weinland werden wird.

Sylvia streckte sich und gähnte herzhaft. Sie warf einen Blick auf die Uhr und erschrak sich kurz. *Ui, schon spät geworden, vielleicht sollten wir uns auch mal hinlegen, was meinst du.*

Gute Idee, ich werde vom vielen Reden ohnehin schon langsam heiser. Mark leerte den übervollen Aschenbecher in den Papierkorb und achtete dabei auf noch glühende Aschereste. *Allerdings traue ich dem Frieden nicht so recht. Das heißt, ich werde draußen am Gang noch ein Willkommensgeschenk für ungebetene Gäste hinterlassen.*

Wie meinst du das?

Ich will einfach wissen, wenn sich jemand heimlich die Treppe raufschleicht. Deswegen habe ich dieses Willkommenspräsent erstanden. Mark hielt ein paar Schachteln mit Glühbirnen hoch.

Sylvia überlegte kurz und setzte dann ein wissendes Grinsen auf, *Ja, das könnte tatsächlich funktionieren. Ich habe mir diesbezüglich übrigens auch was überlegt.*

***

Montag früh um 10:30 Uhr kam der Anruf, den Ebner schon sehnlichst erwartet hatte. Sein Kontaktmann bei der Polizei verriet ihm, dass die Zielpersonen in einer Pension in der Nähe des Westbahnhofes ausfindig gemacht worden waren. In mühevoller Kleinarbeit und unter Inanspruchnahme etlicher Überstunden, waren sämtliche Pensionen in der Stadt kontaktiert worden, ob am Wochenende zwei Erwachsene mit einem Kleinkind eingecheckt hatten. Der Portier besagter Pension hatte für 5000 Schilling Bestechungsgeld bereitwillig die Namen der Gäste weitergegeben und die hatten sich tatsächlich als die Gesuchten herausgestellt. Ebner wollte noch heute Nacht zuschlagen. Er nahm sich auch vor, sich nicht mehr lange damit aufzuhalten, das Ganze als Unfall zu tarnen, dafür hatte er schon zu viel Zeit verloren. Er würde in das Zimmer eindringen, die drei abknallen und gleich wieder verschwinden. Und anders als bei Hellmann, hatte man ihm zugesagt, dass er nach erfolgreichem Abschluss seines Auftrages, wieder in die Zukunft zurückreisen könnte. Jede zusätzliche Zeitreise bedeutete zwar ein gewisses Risiko, das empfindliche Raum-Zeit-Kontinuum weiter aus dem Gleichgewicht zu bringen, aber in dem Fall wollte die Organisation in jedem Fall verhindern, dass einer ihrer Mitarbeiter mit den Morden in Verbindung gebracht werden konnte. Ebner war diese Entscheidung nur recht, er hatte sowieso damit gehadert, in der Vergangenheit versauern zu müssen. Außerdem wollte er arbeiten und in seiner Zeit waren auch die technischen Möglichkeiten ganz andere als in den 1970er-Jahren. Er machte sich kurz mit den örtlichen Gegebenheiten vertraut und lehnte sich danach auf der Couch zurück, um vor der Aktion noch ein paar Stunden wertvollen Schlafes zu bekommen.

***

Weissenecker hatte die ganze Nacht lang über den Dossiers der Mitarbeiter bei Digital Orbit Enterprises gebrütet. Jetzt taten ihm die Augen weh und sein Magen schmerzte von zu viel schwarzen Kaffees. Wie erwartet hatte er in den Dossiers keine Auffälligkeiten gefunden. Bis auf Hellmann hatten alle Mitarbeiter, von den Technikern, bis zum Reinigungspersonal tadellose Lebensläufe. Wenn es also innerhalb der Organisation tatsächlich eine undichte Stelle geben sollte, so hatte man sich offensichtlich die größte Mühe gegeben, alles zu verschleiern. Liebknecht hatte zwar gemeint, dass er sich um die Enttarnung des Maulwurfes kümmern würde, aber Weissenecker war ein Perfektionist. Er arbeitete stets nach dem Motto, dass alles, was er selbst nicht erledigt hatte, fehlerbehaftet war. Weissenecker traute niemandem, nicht einmal seinen engsten Mitarbeitern. Deshalb wollte er sich, bevor sie zum nächsten Meeting zusammenkämen selbst um die undichte Stelle kümmern. Er würde jeden einzelnen Mitarbeiter der Organisation auf Herz und Nieren überprüfen. Aus Erfahrung wusste er, dass bei der Fälschung einer Personalakte oder eines Dossiers unweigerlich Fehler passierten und diese Fehler würde er finden, selbst auf die Gefahr hin, dass ihm dies noch ein paar weitere schlaflose Nächte bereiten würde.

Während er seinen Blick durch den dunklen Raum schweifen ließ, dachte er an seine Zeit bei Digital Orbit Enterprises zurück. Nächste Woche würden es 10 Jahre sein, die er bereits bei der Firma mit dabei war. Nach drei Jahren beim Heeresnachrichtendienst, hatte man Peter Weissenecker zunächst eine Praktikantenstelle für drei Monate angeboten. Er hatte hin und her überlegt, ob er wirklich seine sichere Anstellung beim Heer gegen eine Praktikantenstelle bei einer ihm damals noch völlig unbekannten Firma eintauschen sollte. Weisseneckers damaliger Vorgesetzter beim Bundesheer hatte seine Entscheidung zu dem Wechsel maßgeblich beeinflusst. Der General hatte ihn damals regelrecht dazu gedrängt dieses Praktikum anzutreten. Das zunächst unbezahlte

Praktikum wurde nochmals um drei Monate bezahlten Praktikums verlängert. Danach hatte er eine Festanstellung, zunächst als einfacher Techniker bekommen. In den darauffolgenden Monaten hatte Weissenecker zwar viel gelernt und eine Menge neuer Leute kennengelernt, aber womit sich das Unternehmen in Wirklichkeit beschäftigte, war ihm zunächst noch verborgen geblieben.

Weitere zwei Jahre später war eines Freitag nachmittags Dr. Liebknecht an ihn herangetreten und hatte ihm ohne Umschweife erklärt, dass er am kommenden Montag in einer neuen Abteilung anfangen würde. In der darauffolgenden Woche war Weisseneckers Vita von seiner Geburt ab minutiös durchleuchtet worden. Er wurde einer Reihe psychologischer Tests unterzogen und musste ganze Ordner mit Geheimhaltungspapieren lesen und unterzeichnen. Nach Ablauf der Testwoche, in deren Verlauf sich Weissenecker offenbar als würdig erwiesen hatte, bat Liebknecht ihn in sein Büro und erklärte ihm, womit sich die Firma tatsächlich beschäftigte. Nach außen hin präsentierte sich Digital Orbit Enterprises als Forschungseinrichtung, die sich mit der Erschließung alternativer Energiegewinnung beschäftigte. Unter anderem hatte eine Abteilung die Forschung an der kalten Fusion wiederaufgenommen. Es wurde fleißig in namhaften wissenschaftlichen Medien publiziert und das Unternehmen konnte auch Jahr für Jahr eine erkleckliche Fördersumme lukrieren. Dass diese Fördergelder jedoch hauptsächlich einer einzigen Forschungsabteilung zugutekamen, blieb ein gut gehütetes Geheimnis. Und diese geheime Forschungsabteilung beschäftigte sich mit Zeitreisen. Weissenecker hatte zunächst an einen schlechten Scherz gedacht und erwartet, dass gleich seine neuen Kollegen unter allgemeinem Gelächter in das Büro seines neuen Vorgesetzten kommen würden. Aber Liebknecht war vollkommen ernst geblieben. Laut seinen Ausführungen war die Technik, welche Reisen durch die Zeit möglich machte Ende der 1990er-Jahre durch Zufall von einem gewissen Manfred Gerlach am Forschungsinstitut von CERN entdeckt worden. Gerlach hatte sich daraufhin an eine amerikanische Investorengruppe gewandt und Digital Orbit Enterprises war mit Sitz in Wien gegründet worden.

Die Technik hinter den Zeitreisen war im Verlauf der folgenden Jahre immer weiter perfektioniert worden und erste Tests mit unbelebter Materie wurden erfolgreich durchgeführt. So war unter anderem ein Becher aus Kunststoff zwei Minuten in die Zukunft geschickt worden. Nach und nach kamen auch Tests mit Ratten und Affen dazu, bis dann Ende des Jahres 2002 ein erster Versuch mit einem menschlichen Probanden stattfinden sollte. Ein enger Mitarbeiter von Gerlach stellte sich für diesen Versuch zur Verfügung und sollte eigentlich nur für fünf Minuten durch die Zeit und anschließend wieder zurückbefördert werden. Doch dieser Testlauf war gründlich danebengegangen und Gerlachs Mitarbeiter war nie wieder aufgetaucht. Nach einer gründlichen Fehleranalyse wurde festgestellt, dass der Mann anstatt fünf Minuten gleich mehrere Jahre in die Vergangenheit gereist war. Der genaue Zeitpunkt konnte im Zuge dieser Untersuchung leider nicht festgestellt werden. Das war auch der Zeitpunkt, an dem Liebknechts Unterabteilung gegründet wurde. Diese Unterabteilung war ausschließlich dafür zuständig, dass niemand unbefugt durch die Zeit und vor allem nicht unbefugt in die Vergangenheit reiste und diese möglicherweise veränderte. Modellrechnungen und Computersimulationen hatten nämlich ergeben, dass eine hinreichende Veränderung der Vergangenheit fatale Auswirkungen auf die Zukunft haben könnte. Und dieser Effekt verstärkte sich natürlich, je weiter zurück in der Vergangenheit diese Veränderung stattfand. Einige dieser Simulationen hatten ziemlich erschreckende Details ergeben. So konnte eine tiefgreifende Veränderung der Vergangenheit unter Umständen ganze Generationen auslöschen und das musste unter allen Umständen verhindert werden.

Liebknechts Abteilung unterwarf die zukünftige Forschung an Zeitreisen fortan einer restriktiven Kontrolle. Bis die Ursache für den gescheiterten Versuch mit Gerlachs Mitarbeiter nicht bis ins kleinste Detail aufgedeckt war, wurden jegliche Zeitreiseversuche mit Menschen ausgesetzt. Im Laufe der nächsten Jahre spaltete sich Liebknechts Sicherheitsabteilung in zwei Lager. Die einen wollten die Forschungen, selbstverständlich unter hohen Sicherheitsauflagen weiter vorantreiben, die anderen erachteten Zeiteisen grundsätzlich als zu risikobehaftet und arbeiteten an einer kompletten Aufgabe der diesbezüglichen Forschungen. Die Verfechter des zweiten Lagers waren der Auffassung, dass es nur eine Frage der Zeit war, bis irgendjemand auf die Idee kam, eine Veränderung der Vergangenheit für seine Zwecke zu nutzen – möglicherweise ein Diktator, der damit unliebsame Gegner aus der Geschichte tilgen wollte. Und aus diesem gegnerischen Lager hatte sich dann im Geheimen die Organisation gebildet, die nur mehr danach trachtete, jegliche Forschung an Zeitreisen im Keim zu ersticken. Offiziell wurde in der Sicherheitsabteilung weiterhin an Sicherheitskonzepten für risikominimierte Zeitreisen gearbeitet, aber die Organisation arbeitete insgeheim an der kompletten Zerschlagung des Unternehmens. Unter den Hardlinern innerhalb der Organisation wurde bald die Auffassung vertreten, dass es wohl am einfachsten und nachhaltigsten war, wenn man die Entdeckung der Zeitreise an sich verhindern würde. Zu Anfang schreckte man noch vor einem Mord zurück, der allerdings ohne jeden Zweifel die sofortige Lösung all ihrer Probleme dargestellt hätte. Stattdessen wurde daran gearbeitet, Gerlachs Forschung zu behindern. Mitarbeiter der Organisation begannen damit, in die Zeit zurückzureisen, als Gerlach seine revolutionäre Entdeckung machen würde und versuchten dies zu verhindern. Bis dato waren allerdings jegliche dahingehende Versuche kläglich gescheitert. Weissenecker selbst hatte vor einem Jahr angeregt, Gerlach aus dem Weg zu räumen. Er war natürlich ob seiner geheimdienstlichen Erfahrung von der Organisation rekrutiert worden. Nach anfänglichen Widerständen erklärten sich nach und nach alle Mitarbeiter der Organisation bereit, das Mordkomplott zu unterstützen.

Jetzt wurde Weissenecker auch klar, warum die bisherigen Versuche, Gerlachs Forschung zu behindern, so kläglich gescheitert waren. Der Maulwurf hatte dies jedes Mal erfolgreich verhindern können. Aber damit war nun endgültig Schluss, er würde auf gar keinen Fall zulassen, dass irgend so ein dahergelaufener Zeitreiseterrorist mit einer Veränderung der Vergangenheit möglicherweise seine Existenz bedrohte. Nur musste er diese undichte Stelle erst einmal aufdecken. Weissenecker hatte schon überlegt, ob er Liebknecht vorschlagen sollte, dass in Zukunft nur mehr die wichtigsten Leute an den geheimen Sitzungen teilnehmen sollten, aber was, wenn Liebknecht selbst der Maulwurf war. Außerdem würde der Verräter ja sofort wissen, dass er aufgeflogen war, wenn er von zukünftigen Sitzungen ausgeschlossen würde. Und da Weissenecker zudem sowieso nicht mehr sicher sein konnte, wem er noch vertrauen dürfte, konnte jeder der Maulwurf sein. Es lief also alles darauf hinaus, dass er von jedem Mitarbeiter das Dossier lesen musste. Das war zwar ein bisschen so, wie wenn man die berühmte Nadel im Heuhaufen suchte, aber so konnte er sich wenigstens sicher sein, den Maulwurf zweifelsfrei zu identifizieren. Er würde sich allerdings zunächst auf die Mitarbeiter der Organisation beschränken, da es naheliegend war, dass ein Verräter direkt in ihre Unterabteilung eingeschleust worden war.

***

Die Pension Daniela lag direkt hinter dem Westbahnhof in einer ruhigen Seitengasse. Wie immer sah Ebner sich sorgfältig um und scannte die Umgebung nach etwaigen Zeugen. Es war jedoch alles ruhig. Er schraubte noch ihm Auto den Schalldämpfer auf seine Glock und schob sie in das Schulterholster. Dann stieg er aus dem Wagen und näherte sich der Eingangstüre. Hinter der Empfangstheke schlief ein junger, etwas übergewichtiger Rezeptionist und schnarchte laut dabei. Ebner schoss ihm direkt ins Herz. Gleichzeitig packte er den Mann an einer Schulter und ließ ihn, ohne dabei ein lautes Geräusch zu verursachen hinter der Theke zu Boden gleiten. Anschließend packte Ebner den Mann an den Aufschlägen seiner Portiersuniform und schleifte die Leiche in einen unweit der Rezeption gelegenen Abstellraum. Er lehnte den Toten an die Wand und verschloss die Tür. Bei der nun verwaisten Rezeption stellte Ebner ein kleines Schild auf, auf dem in fetten Druckbuchstaben KOMME GLEICH zu lesen war. Bis auf den schwachen Korditgeruch, der durch den Schuss noch in der Luft hing, wies nichts mehr darauf hin, dass hier eben ein Mord verübt worden war. Dann wandte er sich der Treppe zu, welche nach oben zu den Zimmern führten. Die Stufen waren natürlich aus Holz, aber Ebner trat mit seinen Gummisohlen derart leise und vorsichtig auf, dass nicht das leiseste Knarren zu hören war. Seine Zielpersonen bewohnten, dass Zimmer mit der Nummer 29, welches sich im zweiten Obergeschoss ganz am Ende des unbeleuchteten Ganges befand. Ein paar Meter bevor Ebner bei Nummer 29 anlangte, trat er plötzlich in feine Glasscherben. Ein Blick nach oben verriet ihm, dass die Glühbirne in der Deckenlampe geplatzt war. Ebner stieg über die Scherben hinweg und näherte sich vorsichtig der Tür. Sie war nur von innen zugedrückt, sodass er lediglich die Zunge mit einer steifen Plastikfolie zur Seite schieben musste, bis sich die Tür öffnete. Das Zimmer lag verlassen vor ihm, die Gäste waren offenbar schon wieder abgereist. Ebner ärgerte sich kurz, dass er wohl schon wieder zu spät gekommen war, aber schluckte seinen Unmut herunter. Er durchsuchte das Zimmer methodisch und fand Zigarettenasche und eine leere Dose mit Babynahrung im Papierkorb. Der leichte Zigarettenqualm, der noch in der Luft hing, verriet Ebner, dass das Zimmer bis vor Kurzem noch bewohnt gewesen war. Nur leider waren die Vögel bereits wieder ausgeflogen. Ebner packte seine Glock wieder weg, sah sich noch einmal kurz um und verließ dann die Pension ebenso leise und vorsichtig, wie er gekommen war. Er fühlte sich ein bisschen, wie ein Jäger, den das Wild kurz vor dem entscheidenden Schuss gewittert hatte. Als er die Pension verlassen hatte, betrat Ebner kurzerhand eine nahe gelegene Telefonzelle und rief seinen Kontaktmann bei der Polizei an. Er unterrichtete sein Gegenüber von dem Fehlschlag und bekam das Versprechen, dass die Drei noch nicht sehr weit gekommen sein konnten und schnell wieder aufgespürt wären. Ebner setzte diesbezüglich vollstes Vertrauen in den Mann. Der Typ hatte die Fähigkeiten eines Bluthundes, wenn es um das Aufspüren von flüchtigen Personen ging. Befänden sie sich in der Gegenwart, wäre der Auftrag höchstwahrscheinlich bereits erledigt.

***

Sylvia und Mark warteten noch etwa zehn Minuten, bis sie sicher sein konnten, dass der Killer wirklich gegangen war, dann öffneten sie die Verbindungstüre und betraten wieder ihr eigentliches Zimmer. Die beiden hatte noch am Abend ihr ganzes Gepäck durch die Verbindungstüre in das Nachbarzimmer verfrachtet und anschließend den Kleiderschrank so vor die Türe gewuchtet, dass nichts mehr auf die Anwesenheit einer Verbindungstüre hingewiesen hatte. Man hätte schon sehr genau hinsehen müssen, um den hellen Fleck an der Wand zu entdecken, wo der Kleiderschrank ursprünglich gestanden hatte. Mark hatte dann zwischen zwei Handtüchern die gekauften Glühbirnen zerdrückt und die Scherben im Gang verstreut. Der Plan hatte auch wunderbar funktioniert, aber ihm war gleichzeitig auch klar geworden, dass sie der Killer über kurz oder lang erwischen würde. Bis jetzt hatten sie einfach auch großes Glück gehabt. Jetzt saßen die beiden wieder an dem Plastiktisch und beratschlagten ihr weiteres Vorgehen.

Das hat wieder mal großartig geklappt, aber ich befürchte stark, dass wir uns nicht ewig vor dem Typen werden verstecken können. Es ist nur eine Frage der Zeit, bis der uns irgendwann erwischt.

Mark spielte mit seinem Feuerzeug herum und starrte auf einen Brandfleck auf der Tischplatte. *Ja, das befürchte ich allerdings auch, nur weiß ich auch nicht mehr, wo wir uns noch in Ruhe vor dem Typen verstecken könnten. Er hat bis jetzt alle unsere Schritte vorhergesehen.*

Sylvia überlegte angestrengt und wog ihre Möglichkeiten gegeneinander ab, als sich plötzlich ihr Gesicht aufhellte. *Na klar, jetzt weiß ich's! Daran hätte mir eigentlich schon früher einfallen können.*

Mark blickte sie entgeistert an. *Was denn?*

Wie wäre es denn, wenn wir einfach wieder in meine Wohnung zurückgingen. Dort wird er uns doch am wenigsten vermuten.

Mark überlegte einen Moment lang. *Das könnte tatsächlich funktionieren. Allerdings müssen wir auch dort für eventuelle Rückzugsmöglichkeiten sorgen. Nur für den Fall, dass er auf die gleiche Idee kommt, wie du. In jedem Fall müssen wir so schnell wie möglich in seine Wohnung kommen. Das ist die einzige Möglichkeit, ihm wieder einen Schritt voraus zu sein.*

Ich hoffe, das klappt! Ich bin mir zwar fast sicher, dass ich den Hausmeister davon überzeugen kann, uns in die Wohnung zu lassen, aber selbst, wenn das nicht zu lange dauert, haben wir ohnehin nur knapp über eine Stunde, um dort etwas zu finden.

Ich weiß, aber das ist unsere einzige Möglichkeit, herauszufinden, wie wir in diesen Schlamassel hineingeraten sind. Zumindest fällt mir momentan keine bessere ein.

Sylvia und Mark brachten das Zimmer wieder in den Zustand, in dem sie es bei ihrem Einzug vorgefunden hatten und Mark räumte sogar die Glasscherben aus dem Flur weg. Schlussendlich deutete nichts mehr auf ihre nächtliche Manipulation hin. Mark überlegte noch, dass es wohl am besten wäre, wenn sie sich ebenso wie der Killer verkleideten. Er vermutete stark, dass Ebner zumindest einen weiteren Mitstreiter hatte, der in bei seinem Vorhaben unterstützte. Wie war es sonst wohl möglich gewesen, dass er sie immer wieder so schnell hatte aufspüren können. Womöglich war sogar die Wiener Polizei in die Sache verwickelt und sie konnten schlicht zur Fahndung ausgeschrieben werden. Wenn aber die Polizei nach einem jungen Pärchen mit Kleinkind suchte, sollten sie sich vielleicht so tarnen, dass es nicht danach aussah, als hätten sie ein Kind mit dabei. Und Mark hatte auch schon eine Idee, wie sie das bewerkstelligen konnten.

Am späten Vormittag verließen zwei Rucksacktouristinnen den Westbahnhof und schlenderten in Richtung Straßenbahnstation. Und nur wenn man ganz genau hinsah, bemerkte man, dass die Größere der beiden in Wahrheit ein Rucksacktourist war und dass in seinem Rucksack außerdem ein schlafendes Kleinkind verborgen war.

Mark schwitzte unter der blonden Langhaarperücke und sein Gesicht juckte angesichts des ungewohnten Makeups. Aber alles in allem war er mit ihrer Verkleidung zufrieden. So würde sie jedenfalls so schnell niemand erkennen. Sylvia warf ihm immer wieder einen Seitenblick zu und ihre Mundwinkel zitterten dabei verräterisch. Auch ihr hatte er eine blonde Perücke verpasst, sodass sie wie zwei Schwedinnen auf Interrail-Tour aussahen. Sie fuhren auf Umwegen in Richtung Floridsdorf und Mark war heilfroh, als sie unbeschadet in Sylvias Wohnung ankamen und er endlich diese lästige Verkleidung loswerden konnte. Nachdem er ausgiebig geduscht und die letzten Spuren seines Frauendaseins beseitigt hatte, saßen sie samt Gerry, der genüsslich an seiner Flasche saugte am Küchentisch und berieten ihr weiteres Vorgehen.

Ich habe mir überlegt, dass wir getrennt zur Wohnung des Killers fahren. Du nimmst Gerry und ich bringe den Rest unserer Sachen mit.

Mark kniff den Kleinen zärtlich in eine seiner Pausbacken. *Jaa, jetzt machen der Onkel Mark und du einen Ausflug, was.* Gerry krähte vergnügt und spuckte Mark mit seinem Babybrei voll.

Alle drei lachten herzhaft und Mark dachte kurz, dass dies womöglich der letzte entspannte Moment in ihrem Leben sein konnte. Er wischte diesen düsteren Gedanken fort und verschwand mit einer Zigarette auf den Balkon. Eine halbe Stunde später machten sich die drei im Abstand von 15 Minuten auf nach Ottakring. Als erstes fuhren Mark und Gerry los und eine viertel Stunde später folgte Sylvia mit ihrem Equipment.

Die drei trafen sich unweit von Ebners Wohnung und beobachteten diese aufmerksam mit dem Fernglas, um nur ja nicht Ebners Mittagsrunde zu verpassen. Mark hatte sich eine Baseballkappe aufgesetzt und Sylvia trug wieder ihre blonde Perücke. So wäre es einem möglicherweise allzu geschwätzigen Hausmeister nicht möglich, eine genaue Beschreibung abzugeben. Allerdings vermutete Mark, dass Ebner sich vermutlich selbst ausrechnen konnte, wer da in seiner Wohnung gewesen war. Kurz vor Mittag kam der Killer tatsächlich aus der Haustüre spaziert, sah sich kurz um und machte sich auf den Weg zu dem Gasthaus. Sylvia und Mark hatten vereinbart, dass sie sich um den Hausmeister kümmerte, während er aufpasste, dass Ebner nicht früher, als geplant wieder auftauchte. Sollte dem so sein, würde Mark Sylvia mit einem lauten Pfiff warnen.

***

Harald Hausner hatte es sich gerade auf der Couch vor dem Fernseher mit einer Flasche Bier gemütlich gemacht, als an seiner Tür läutete. Verdrießlich stellte er den Ton auf lautlos und öffnete. Vor seiner Wohnung stand eine zierliche Blondine mit einem Baby im Arm, die bitterlich schluchzte. Hausner hatte vorgehabt, der Person, die seine wohlverdiente Mittagspause störte die Meinung zu geigen, aber angesichts dieses Häufchen Elends setzte er doch zu einem versöhnlicheren Ton an.

Nicht weinen, gute Frau. Was ist denn mit Ihnen los. Jetzt kommen Sie erst mal herein. Ich mache uns einen Kaffee und sie erzählen mir, was passiert ist.

Die Blonde saß am Küchentisch und wischte sich die Tränen aus den rotgeränderten Augen. Unter vielmaligem Schluchzen erzählte sie dem Hausmeister, dass sie Ebner vor einem Jahr in der Disco kennengelernt hatte. Da Sylvia Ebners Namen natürlich nicht kannte, tischte sie dem Hausmeister die Lüge auf, dass er sie in der Disco unter falschem Namen abgeschleppt und anschließend in seiner Wohnung geschwängert hatte. Sobald er erfahren hatte, dass sie schwanger war, hatte er sie vor die Tür gesetzt und Alimente wollte er auch nicht zahlen. Außerdem erzählte sie, dass ihre Eltern sie ebenfalls rausgeschmissen hätten und sie nun nicht wusste, wo sie hinsollte. Seit drei Tagen würde sie nun schon draußen herumirren. Dabei wollte sie doch nur zu Ebner, weil sie ihren Reisepass bei ihm vergessen hatte. Und zu allem Überfluss müsste das Baby auch noch trockengelegt werden. Hausner war sichtlich gerührt ob dieser haarsträubenden Geschichte. Der Hellste war er zwar nicht, aber offensichtlich hatte er das Herz am rechten Fleck.

Wissen Sie, junge Dame, eigentlich darf ich das ja nicht, aber bei Ihnen werde ich ein Auge zudrücken. Bleiben Sie mir aber nicht zu lange. Wir wollen ja nicht, dass der feine Herr Ebner Sie in seiner Wohnung erwischt.

Perfekt, jetzt hatte ihr der dämliche Hausmeister auch noch den Namen des Killers verraten. Und das Beste war, dass die ganze Schmierenkomödie nicht mal 20

Minuten gedauert hatte. Nochmal fünf Minuten später betrat Sylvia die Wohnung ihres Verfolgers und begann diese sogleich überall nach allem, was auch nur im Entferntesten nach Information aussah zu durchsuchen. Im Wohnzimmer wurde sie auch gleich fündig. Auf dem kleinen Tischchen vor der Couch lag eine Mappe mit einem Haufen Papier darin. Ebner fühlte sich hier offenbar so sicher, dass er sich nicht mal die Mühe gemacht hatte, die Mappe zu verstecken. Sylvia zog einen Fotoapparat aus der Tasche und begann hektisch jedes einzelne Blatt aus der Mappe zu fotografieren, was nochmals etwa 20 Minuten in Anspruch nahm. Als sie fertig war, legte Sylvia die Mappe wieder so auf den Couchtisch, wie sie sie vorgefunden hatte. Der Hausmeister hatte einstweilen beflissen vor der Wohnungstüre gewartet. Sylvia bedankte sich überschwänglich und tränenreich bei ihm.

Vielen vielen Dank noch mal! Und bitte sagen sie dem Kerl bloß nicht, dass ich hier war. Ich bin froh, wenn ich den nicht mehr sehen muss!

Der Hausmeister nickte und versperrte Ebners Wohnung wieder. *Keine Sorge, ich sag nichts. Der Kerl ist bei mir jedenfalls unten durch. Eine Frechheit, eine nette Person, wie Sie so zu behandeln!*
Sylvia winkte ihm noch zum Abschied und verließ schleunigst das Haus. Sylvia und Mark verschwanden umgehend Richtung Floridsdorf und hofften, dass Ebner das Eindringen in seine Wohnung nicht bemerken würde.

***

Eine knappe Stunde später benutzte Sylvia ihr abgedunkeltes Badezimmer als Dunkelkammer, um den Film aus ihrer Kamera zu entwickeln. Mark stand derweil am Balkon und rauchte, während Gerry erschöpft auf dem Bett eingeschlafen war.

Sie entdeckten anhand der Fotos, dass sich in der Mappe unter anderem ausführliche Dossiers von ihnen beiden befunden hatten, jedes mit einem Foto von ihnen versehen. Das bestätigte Marks Theorie, dass Ebner mit Komplizen aus der Zukunft in ständiger Verbindung stand und außerdem auch kommunizieren konnte. Sylvia hatte zwar in der Eile etliche Fotos verwackelt, aber auf den vergrößerten Kopien war trotzdem alles einigermaßen deutlich zu lesen. Des Weiteren fanden sie Hinweise auf einen weiteren Agenten, der bei der Polizei eingeschleust worden war, wodurch ihnen klar wurde, wie Ebner sie so schnell in der Pension hatte aufstöbern können. Sie mussten von jetzt ab noch viel vorsichtiger sein, um weiterhin unentdeckt zu bleiben. Mark und Sylvia fanden noch etliche Seiten mit Informationen zu diversen Personen in dieser Zeit und wie diese dazu benutzt werden konnten, Ebners Auftrag zum Abschluss zu bringen. Nur das, was sie sich eigentlich von der riskanten Aktion erhofft hatten, fanden sie nicht. Informationen über die Auftraggeber oder den Grund, weshalb sie getötet werden sollten. Sylvia ging einigermaßen enttäuscht in die Küche, um einen Kaffee aufzusetzen. Mark vermutete, dass in der Mappe bewusst keinerlei Informationen über Ebners Auftraggeber oder deren Motive zu finden waren. Denn eines war schon mal klar, wenn Ebner scheiterte oder gar getötet werden sollte und jemand aus dieser Zeit diese Mappe finden sollte, so würde das wohl einige unangenehme Fragen aufwerfen.

Und wer auch immer hinter dem Ganzen steckte, wollte sicherlich jegliche Aufmerksamkeit vermeiden.

***

Als Ebner nach seinem Mittagsmahl wieder in die Wohnung zurückgekehrt war, hatte er zunächst die Eingangstüre überprüft, noch bevor er sie geöffnet hatte. Ebner hatte es sich zur Gewohnheit gemacht, ein Haar mit etwas Speichel so an der Türe anzubringen, dass dieses bei unbefugtem Besuch herunterfiel. Und das Haar befand sich nicht mehr dort, wo er es zuvor angebracht hatte. Ebner überlegte kurz. Die Tatsache, dass das Haar nicht mehr an seinem Platz klebte, konnte zunächst einfach bedeuten, dass er es mit zu wenig Spucke befestigt hatte. Dann reichte oft ein stärkerer Luftzug, sodass es weggeweht würde. Es konnte aber auch bedeuten, dass jemand während seiner Abwesenheit heimlich in der Wohnung gewesen war. Ebner untersuchte die Türe samt Schloss mit einer Lupe. Wenn jemand eingebrochen war, so mussten diesbezügliche Spuren zu sehen sein. Das war nicht der Fall, Schloss und Türe wiesen keine verräterischen Kratzer, wie sie Einbruchswerkzeuge hinterlassen würden auf. Wenn das Haar also nicht durch einen Luftzug weggeweht worden war, konnte das eigentlich nur mehr bedeuten, dass sich jemand mit einem weiteren Schlüssel Zutritt verschafft hatte und dafür kam eigentlich nur der Hausmeister infrage. Ebner überlegte, was der Typ heimlich in seiner Wohnung gewollt hatte. Er inspizierte gründlich alle Zimmer, fand aber keine Hinweise darauf, dass etwas fehlte oder verändert worden war.

Ebner hatte außer dem Trick mit dem Haar auch die Angewohnheit, sich genau einzuprägen, wie und an welchem Platz seine Habseligkeiten lagen, bevor er die Wohnung verließ. Aber selbst die Mappe mit den Dossiers lag noch genauso auf dem Couchtisch, wie Ebner sie zurückgelassen hatte. Und selbst wenn der Hausmeister darin geblättert haben sollte, so konnte er mit den darin befindlichen Informationen ohnehin nicht viel anfangen. Er maß der Angelegenheit vorerst keine weitere Bedeutung zu. Er hatte später immer noch Zeit, sich um den neugierigen Hausmeister zu kümmern. Allerdings würde er in Zukunft die Mappe entweder verstecken oder sie gleich mitnehmen, wenn er die Wohnung verließ. Ebner überlegte kurz, ob vielleicht seine Zielpersonen ausspioniert hatten, wo sich seine Wohnung befand. Diesem Berger traute er eine derartige Gerissenheit in jedem Fall zu. Nur beantwortete das nicht die Frage, wie die jungen Leute dann an den Schlüssel gelangt waren. Einbruchsspuren waren jedenfalls keine zu finden gewesen. Oder hatten sie vielleicht sogar den Hausmeister dazu gebracht, ihnen die Tür zu öffnen? Das wäre immerhin eine Möglichkeit. Das würde natürlich auch bedeuten, dass sie nun über die Dossiers Bescheid wussten, was zugegebenermaßen etwas ärgerlich war. Aber zumindest waren die Typen von der Organisation so umsichtig gewesen, ihm keine Informationen zukommen zu lassen, die etwaige Rückschlüsse auf seine Auftraggeber zugelassen hätten. Ebner ließ die Sache erst mal auf sich beruhen, damit konnte er sich später immer noch befassen. Zunächst musste er sich seine nächsten Schritte genau überlegen. Er durfte diese jungen Leute auf gar keinen Fall weiterhin unterschätzen. Zumindest dieser Berger hatte es faustdick hinter den Ohren. Das war wohl auch der Grund für seine gescheiterte Aktion in der Pension Daniela. Außer dass sein Mann bei der Polizei eine weitere ungeplante Leiche hatte verschwinden lassen müssen, hatte das Ganze nichts gebracht. Mittlerweile konnte Ebner sich auch ungefähr denken, wie die Sache abgelaufen war. Der Trick mit den Glassplittern, die sie im Gang verstreut hatten, war zugegebenermaßen eine Glanzleistung gewesen. Ebner hätte sich das wohl selbst nicht besser ausdenken können. Was er allerdings noch nicht ganz verstand, war, wie Gerlach und Berger es aus ihrem Zimmer geschafft hatten. Am Gang hatte es jedenfalls keine Möglichkeit gegeben, sich zu verstecken. Oder waren sie schon vorher abgereist? Aber warum dann die Glasscherben am Gang? Egal, Ebner würde sich nicht weiter damit befassen. Viel wichtiger war jetzt, dass er sich um seine aktuellen Probleme kümmerte, aber dazu musste er in Ruhe nachdenken. Also holte er sich eine Flasche Bier aus dem Kühlschrank, köpfte sie und fläzte sich auf die Couch.

Wenn er die letzten Tage und seine gescheiterten Aktionen Revue passieren ließ, so bot sich Ebner eigentlich bloß eine einzige Erklärung. Seine Opfer schienen ihm immer einen Schritt voraus zu sein. Das gefiel ihm gar nicht. Aber wie war das vor allem möglich. Dieser verdammte Student war zwar ziemlich schlau, aber auch er konnte keine Gedanken lesen. Da musste es noch eine andere Möglichkeit geben. Ebner überlegte, ob es denkbar war, dass ihn die zwei überwachten. Dazu mussten sie aber seinen Aufenthaltsort und seine Gewohnheiten kennen. Er machte sich sofort eine geistige Notiz, dass er in Zukunft seine Gewohnheiten regelmäßig ändern würde. Und wenn es demnach denkbar war, dass dieser Berger irgendwie herausgefunden hatte, wo Ebner wohnte, dann musste er eine Möglichkeit finden, unbemerkt außer Haus zu gelangen. Er überlegte, dass dies höchstwahrscheinlich über den Innenhof durchführbar war. Die Organisation zu bitten, ihm eine neue Bleibe zu besorgen, würde nicht nur wertvolle Zeit kosten, die Ebner nicht hatte, zudem müsste er der Organisation gegenüber eingestehen, dass er aufgeflogen war und das wollte er in jedem Fall vermeiden.

Aus Erfahrung wusste Ebner, dass sich ein erfolgreicher Jäger in sein Opfer hineinversetzen musste. Wenn er dachte, wie sie, dann konnte er auch denken, was sie dachten. Und damit hätte er wieder einen entscheidenden Vorteil. Wo würden sich zwei junge Leute samt Kleinkind vor einem erfahrenen Killer verstecken. Und sie brauchten in jedem Fall ein brauchbares Versteck, dass sie nicht ständig wechseln mussten, schon allein wegen dem Kind. Und dann kam Ebner der entscheidende Einfall. Der beste Ort, wo sich die drei verstecken konnten, war klarerweise ein Ort, an dem er sie bereits gesucht hatte, ein Ort, den er damit abgehakt hatte. Und wo hatte er sie bereits vergeblich gesucht. In Gerlachs Wohnung und der Wohnung der Freundin. Und da sie dort auch nicht ewig bleiben konnten, kam eigentlich nur mehr Gerlachs eigene Wohnung infrage. Berger wollte zwei, drei Tage abwarten, um die jungen Leute in Sicherheit zu wiegen. Währenddessen würde er seinen Kontaktmann bei der Polizei, damit beauftragen, die drei zu überwachen. Ihn kannten sie ja glücklicherweise noch nicht. Außerdem konnte er sich in der Zeit mit dem Gedanken befassen, wie er seine Opfer am besten aus dem Weg räumen konnte. Ebner war sehr zufrieden mit sich.

***

Aaron Goldberg saß seit nunmehr drei Stunden fast regungslos am Fenster der kleinen Wohnung und spähte durch das Zielfernrohr seines IMI SR-99, einer modifizierten Version des noch aus den 1980er-Jahren stammenden IMI Galatz. Goldberg beobachtete einen Mann namens Peter Ebner. Laut seinem Auftraggeber war dieser Ebner als Ersatzmann für Hellmann rekrutiert worden, um dessen Auftrag zu Ende zu bringen. So phänomenal, wie Hellmann seine Mission in den Sand gesetzt hatte, fragte sich Goldberg, warum die Organisation ausgerechnet ihn für diesen doch eher heiklen Auftrag ausgewählt hatte. Offenbar war die Einmischung dieses Studenten nicht geplant gewesen und hatte den unerfahrenen Hellmann aus dem Konzept gebracht. Goldmann erinnerte sich, dass er im Donaupark bereits den Finger am Abzug gehabt hatte, als der Student in seiner Nachtwächteruniform plötzlich aufgetaucht war. Das und Hellmanns Scheitern, sowie seine Tötung hatten alles verändert und Goldberg hatte sich zurückziehen müssen.

Es wäre für ihn ein Leichtes gewesen, einfach den Abzug der IMI zu betätigen und das 7,62 x 51 mm NATO-Projektil würde Ebners Gehirn im ganzen Zimmer seiner Wohnung verteilen. Aber das war nicht sein Auftrag. Er sollte Ebner lediglich observieren und Fotos zur Dokumentation schießen. Weil da, wo Ebner war, würden auch seine Zielpersonen sein. Er würde Ebner quasi für sich arbeiten lassen. Ein Zugriff war erst im äußersten Notfall vorgesehen. Goldbergs Auftraggeber hatte ihm erklärt, dass eine verfrühte Einmischung seinerseits, im schlimmsten Fall ein weiteres Zeitparadoxon auslösen konnte. In jedem Fall aber würde ein vorzeitiger Einsatz von der Organisation bemerkt und seine Tarnung ruinieren. Er fragte sich zwar, ob es klug war, einen Psychopathen, wie Ebner weiterhin fröhlich unbeteiligte Dritte abknallen zu lassen, wie wohl mit Sicherheit auch das die Zukunft verändern konnte, aber Auftrag war eben Auftrag.

Goldbergs Vorfahren waren vor den Pogromen des Zweiten Weltkriegs zunächst nach Amerika geflohen und hatten sich später, kurz nach der Staatsgründung Israels unweit von Tel-Aviv niedergelassen. Goldberg selbst war bereits in Israel geboren worden. Er hatte sich in seinem zweijährigen Dienst bei der israelischen Armee zum Scharfschützen ausbilden lassen und war noch während seiner Zeit beim Militär vom Schin Bet, dem israelischen Inlandsgeheimdienst rekrutiert worden. Er hatte fast 20 Jahre in der geheimdienstlichen Abteilung für Personenschutz gearbeitet, bis er während eines Einsatzes schwer verletzt worden war. Goldberg hatte bald danach seinen Dienst quittiert, da er nicht vorhatte, in Ausübung desselben sein Leben zu lassen. Die Liebe hatte ihn schließlich nach Österreich, der alten Heimat seiner Vorfahren geführt. Die Liebe war nach einer kurzen aber intensiven Zeit vorbeigewesen, aber Goldberg war geblieben. Er hatte zunächst nicht vorgehabt, wieder in seiner alten Profession zu arbeiten und alle möglichen Jobs ausprobiert. Unter anderem hatte er sich als Hundetrainer versucht, er hatte am Groß-Grünmarkt

Gemüse verkauft und sogar als Versicherungsvertreter hatte er eine Zeit lang gearbeitet. Alle diese Jobs hatten Goldberg jedoch nicht wirklich ausgefüllt und so war er schlussendlich doch wieder beim Personenschutz gelandet. Zunächst hatte er bei einem privaten Unternehmen für Personenschutz angeheuert, war aber bald darauf, wohl wegen seiner Vita vom Heeresnachrichtendienst kontaktiert worden. Während eines Personenschutzauftrages für Digital Orbit Enterprises hatte Goldberg schließlich seinen jetzigen Auftraggeber kennengelernt und war beinahe vom Fleck weg von dem Mann für die Sicherheitsabteilung bei der Firma engagiert worden. Goldberg hatte nicht schlecht gestaunt, als ihm sein neuer Boss eröffnet hatte, dass er für seinen ersten großen Auftrag in die Vergangenheit reisen würde. Er hatte den Mann zunächst schlicht für verrückt erklärt. Erst als er mit eigenen Augen gesehen hatte, wie eine Orange zwei Minuten in die Zukunft geschickt worden war, hatte er gemerkt, dass das durchaus ernst gemeint war.

Und nun war er hier und beschattete einen Mann, der am Töten Spaß hatte durch die Zieloptik seines Scharfschützengewehres. Goldberg fragte sich sowieso, wie die Organisation einen krankhaften Psychopathen hatte engagieren können, der sich nur selbst gerne als Profi aufspielte. Der Mann hatte sich zwar in jedem Fall als fähiger erwiesen, als dieser Hellmann, aber wenn Goldberg daran dachte, wie Ebner von einem einfachen Studenten und einer jungen Mutter immer wieder an der Nase herumgeführt worden war, musste er boshaft grinsen. Unterschätzen durfte er Ebner aber auch nicht, immerhin verstand sich der Mann auf den Umgang mit Einbruchswerkzeugen und ein schlechter Schütze war er auch nicht. Vor allem aber kannte Ebner keinerlei Skrupel und würde seine Opfer gnadenlos beseitigen, wenn er die Gelegenheit dazubekam. Goldberg würde geduldig im Hintergrund warten, bis ihm sein Auftraggeber neue Instruktionen gab.

***

Weissenecker hatte sich durch fast alle Dossiers der Mitarbeiter innerhalb der Organisation durchgearbeitet, bis jetzt aber nichts Verdächtiges finden können. Er durchsuchte die Dossiers auf besondere Vorkommnisse während der Dienstzeit hin, bzw. darauf, ob die Person möglicherweise in der Vergangenheit schon einmal mit Gerlach in Berührung gekommen war. Denn eines war klar: Gerlach würde nur einen engsten Vertrauten mit so einer Aufgabe betrauen. Aber entweder, das war bisher nicht der Fall gewesen oder die Dossiers waren frisiert worden. Wie auch immer, auf dem Stapel mit den noch zu bearbeitenden Dossiers befanden sich noch zwei Ordner und Weissenecker nahm sich aufs Geratewohl einen davon vor.

Es handelte sich dabei um das Dossier über einen gewissen Jean Dupret, einem Schweizer Physiker. Dupret war in Lausanne geboren worden und aufgewachsen, hatte nach der Matura Teilchenphysik studiert und bald danach eine Festanstellung am Atomforschungsinstitut CERN erhalten.

Weissenecker hielt inne. Bei dem Wort CERN schrillten seine Alarmglocken. Gerlach war doch auch bei CERN beschäftigt gewesen. Weissenecker blätterte sich hektisch durch das Dossier, bis er die entsprechenden Unterlagen von damals in Händen hielt. Und tatsächlich konnte er in dem Akt nachlesen, dass Dupret und Gerlach in derselben Abteilung bei CERN zusammengearbeitet hatten. Das war für sich natürlich noch kein Beweis dafür, dass dieser Dupret wirklich die gesuchte undichte Stelle war, aber in jedem Fall ein erster Hinweis darauf. Laut Duprets Lebenslaufs, war der Mann Ende 2002 bei Digital Orbit Enterprises eingestellt worden, was sich mit dem Zeitpunkt deckte, zu dem Liebknechts Unterabteilung gegründet worden war. Es konnte also durchaus sein, dass Gerlach schon damals geahnt hatte, dass er aus dem Unternehmen Gegenwind zu erwarten haben würde und sich deshalb einen Vertrauten ins Boot geholt hatte. Weissenecker griff zum Telefon und rief in der Personalabteilung an. Um diese Zeit würde sich da zwar nur die Dame vom Journaldienst melden, aber auch die hatte Zugriff auf die Akten.

Lansky, Personalabteilung Firma Digital Orbit Enterprises, womit kann ich dienen? Frau Lansky hatte eine feste, angenehme Stimme mit einem leichten deutschen Akzent.

Ja hier Weissenecker, grüß Gott. Frau Lansky, ich würde eine Information zu einer Einstellung aus dem Jahr 2002 benötigen. Der Name lautet Dupret Jean.

Sofort, ich muss die Datei nur rasch am Computer öffnen. Lansky tippte mit erstaunlicher Geschwindigkeit an ihrer Tastatur und keine 20 Sekunden später hatte sie die bewusste Datei gefunden.

Weissenecker bat sie um den damaligen Bewerbungsverlauf und dass es sich um eine reine Routineüberprüfung handeln würde.

Herr Dupret hat sich gar nicht selbst beworben, er ist auf Empfehlung von Manfred Gerlach direkt bei CERN abgeworben worden. Scheint ja was in seinem Leben richtig gemacht zu haben, wenn er auf Empfehlung vom Oberboss gekommen ist.

Ja, der Mann ist eine Koryphäe auf seinem Gebiet! Weissenecker hatte, was er wollte. Er bedankte sich herzlich bei Frau Lansky und legte auf.

Der Ordnung halber las er auch noch den Rest des Dossiers durch, aber er war sich fast sicher, die undichte Stelle gefunden zu haben. Jetzt stellte sich natürlich die Frage, wie er mit dieser Information umgehen würde, ohne Duprets und in weiterer Folge Gerlachs Verdacht zu erregen. Weissenecker beschloss, zunächst Liebknecht von seiner Entdeckung zu unterrichten. Der würde Augen machen. War er es doch selbst gewesen, der Dupret für die Mitarbeit bei der Organisation vorgeschlagen hatte. Irgendwie mussten sie es schaffen, Dupret die geheimen Informationen, die sie brauchten zu entlocken. Aber darum sollte Liebknecht sich kümmern. Außerdem durfte Weissenecker ihn als seinen Vorgesetzten sowieso nicht übergehen. Für heute würde er erst mal Schluss machen, denn Liebknecht hasste es, mitten in der Nacht aus dem Schlaf gerissen zu werden. Weissenecker hielt das zwar in dem Fall für fahrlässig, aber Liebknecht würde schon wissen, was er tat.

***

Als Mark erwachte und sich den Schlaf aus den Augen rieb, war Sylvia schon auf. Er hörte verdächtiges Geklapper aus der Küche. Mühsam wälzte er sich aus dem Bett und verschwand erst mal im Bad. Als Mark seine Morgentoilette beendet hatte, hatte Sylvia bereits den Frühstückstisch gedeckt. Es gab Semmeln, Eier, Speck, frischen Kaffee und sogar ein Gugelhupf stand auf einem Teller und dampfte noch.

Mark streckte sich und gähnte herzhaft. *Wow, du hast ja aufgetischt, wie für einen Staatsempfang! Wie komme ich zu der Ehre.*

Ich habe mir gedacht, dass es nicht das Schlechteste ist, wenn wir mal wieder was Anständiges in den Bauch kriegen. Und im Hinblick auf das, was uns wahrscheinlich noch blühen wird, brauchen wird sowieso jede Energie, die wir kriegen können.

Da war was Wahres dran. Mark ließ sich auf seinen Stuhl fallen und schenkte sich und Sylvia einen Kaffee ein. Die Idee, sich wieder in Sylvias Wohnung zu verstecken, die Ebner bereits durchsucht hatte, war zwar gut, aber wenn sie auf diesen Einfall gekommen waren, war das Ebner ebenfalls zuzutrauen. Er hoffte nur, dass sie Ebner zumindest so lange täuschen konnten, bis ihnen ein brauchbarer Plan eingefallen war. Diesbezüglich war Mark allerdings noch ziemlich ratlos.

Du, sag mal, wie wollen wir jetzt eigentlich weiter vorgehen. Hast du dir schon was überlegt?

Das war das Stichwort. *Da arbeite ich noch dran, aber meiner Meinung nach sollten wir Ebner auch weiterhin beschatten. Nur so haben wir eine Chance, in Erfahrung zu bringen, was er vorhat.*

Sylvia hatte Gerry auf ihren Schoß genommen und fütterte den Kleinen mit Gugelhupfstückchen. *Wie fühlt sich das eigentlich an, durch die Zeit zu reisen?*

Mark legte die Kuchengabel weg und spülte den Bissen mit einem Schluck Kaffee hinunter. *Das war nicht besonders angenehm. Zuerst beginnt alles um dich herum zu vibrieren und dann wird dir einen Moment lang schwindelig und speiübel, das geht jedoch schnell wieder vorbei. Aber dann geht es erst so richtig los. Auf einmal ist der Raum um mich herum länger geworden.*

Wie meinst du das länger?

Naja, das ist ungefähr so, als würdest du durch das falsche Ende eines Feldstechers blicken. Der eigentliche Übergang, also ich meine, der Übertritt in die andere Zeit ist dann relativ unspektakulär. Einen Moment lang wird alles schwarz um dich, wie wenn du zu schnell aufstehst und dir schwarz vor Augen wird und dann kommst du an und befindest dich auf einmal irgendwo. Ich war urplötzlich im Donaupark.

Sylvia schenkte sich noch Kaffee nach und wischte Gerry die Frühstücksreste vom Kinn. *Und ab wann hast du realisiert, dass du durch die Zeit gereist bist?*

Also, wie die Polizei aufgetaucht ist, mit ihren alten Autos – zumindest sind sie mir, im Vergleich zu den Autos aus meiner Zeit alt vorgekommen – ist mir das schon spanisch vorgekommen. Und dann ist mir auf der Fahrt zum Polizeirevier aufgefallen, dass sich die Stadt irgendwie verändert hatte. Die Donau City war nicht mehr da, wo sie sein sollte und die Uno City noch eine Baustelle. In diesen Momenten dachte ich noch, dass ich vielleicht träumen und gleich aufwachen würde. Aber wie ich am Polizeirevier den Wandkalender gesehen habe, ist mir auf einmal alles klargeworden. Das war schon ein ziemlicher Schock.

Und wie ist das, in dieser Zeit zu sein?

Fühlt sich eigenartig an. Ich meine, ich habe ja viel von dieser Zeit schon vorher auf alten Fotografien gesehen und in Büchern darüber gelesen, aber wenn du dich dann plötzlich selbst in dieser Zeit befindest, ist das nochmal was ganz Anderes. Und mittlerweile kommt mir das alles auch schon wieder sehr vertraut vor, so als wäre ich nie woanders gewesen. Wenn ich es mir so überlege, dann sind die 1970er-Jahre eigentlich eine gute Zeit. Allein die Luft ist viel besser als in der Zukunft. Es fahren viel weniger Autos auf den Straßen. Mark warf Sylvia einen spöttischen Blick zu. *Ja selbst die Mädchen sind hier viel hübscher!*

Sylvia grinste verlegen und versteckte sich hinter ihrer Kaffeetasse. *Würdest du wieder in deine Zeit zurückreisen wollen, wenn sich die Möglichkeit dazu bietet?*

Ich weiß es nicht so recht. Ich meine, ich weiß ja nicht mal, ob dieses Zeittor, durch das ich gegangen bin, überhaupt noch existiert. Und wenn nicht, ob jemand wieder eins aufmacht. Grundsätzlich finde ich es hier sehr schön. Ich habe auch nicht viele Leute in der Zukunft, denen ich abgehen würde. Von meiner Familie sind alle, bis auf eine alte Tante tot und Freunde habe ich nicht wirklich. Andererseits hast du in der Zukunft so viel mehr Möglichkeiten. Nimm nur die Computer, die Handys und natürlich das Internet. Das geht mir schon etwas ab.

Würdest du mich in die Zukunft mitnehmen?

Prinzipiell gerne, ich weiß nur nicht, wie sich das auf das Raum-Zeitgefüge auswirkt. Du weißt schon, die Sache mit den Paradoxa. Zudem wäre der Anblick der Zukunft sicher ein Riesenschock für dich.

Am Anfang sicherlich. Aber du hast ja selbst gesagt, dass du mittlerweile das Gefühl hast, nie woanders gewesen zu sein.

Ja, stimmt schon, aber ich muss dich gleich vorwarnen. Die Welt in der Zukunft hat sich wirklich enorm verändert. Allein das Straßenbild. Da wo neben dem Donaupark jetzt noch Wiesen blühen, wird es in meiner Zeit etliche Hochhäuser geben, fast wie eine Stadt in der Stadt. Und wenn du von der U6 aus – das ist eine zukünftige U-Bahnlinie – über die Donau fährst, dann kommt dir die Donau City, ein bisschen wie die Skyline von New York vor. Alles wird größer, schneller und vor allem hektischer sein als hier.

Das klingt alles sehr spannend. Ich glaube schon, dass ich das mal sehen möchte!

Also, wenn sich die Möglichkeit bietet, dann nehme ich dich und Gerry mit, versprochen! Aber zunächst müssen wir leider noch ein paar Probleme in dieser Zeit lösen.

Sylvia ballte eine Hand zur Faust. *Ja leider, ich könnte diesen Ebner echt erwürgen. Was bildet sich der Kerl eigentlich ein, wehrlosen Leuten nachzustellen. Ich meine, selbst wenn ich oder mein Sohn in der Zukunft irgendetwas Schlimmes machen sollten, so kann man doch gerade ihm am wenigsten etwas vorwerfen, dass er noch gar nicht getan hat.*

Der Kleine schien die Verbitterung seiner Mutter instinktiv zu spüren und streckte die Ärmchen nach ihr aus. Sylvia nahm ihn in den Arm und drückte ihm in kurzer Zeit so viele Küsschen auf seine Nase, bis er begeistert zu lachen anfing.

Mark betrachtete die rührige Szene amüsiert. *Ich lasse nicht zu, dass uns der Typ was antut, verlass dich drauf! Sag mal, wäre es nicht hoch an der Zeit, uns eine Waffe zu besorgen. Bis jetzt hatten wir viel Glück, aber wenn uns der Kerl in die Ecke drängt, werden wir mit einem Küchenmesser nicht viel ausrichten.*

Ja aber, selbst wenn wir eine Pistole besorgen können, kannst du auch damit umgehen? Ich nämlich schon mal nicht.

Ich habe mal im Prater bei einer Schießbude mit einer Luftpistole auf Scheiben geschossen. Allerdings habe ich keine Ahnung, wie eine richtige Waffe benutzt werden muss. Und ich war auch noch nicht beim Bundesheer, wo ich das hätte erlernen können. Ich meine, man sieht so was ja immer in Filmen, wenn der Polizist seine Waffe durchlädt. Ich fürchte, die Wirklichkeit sieht anders aus. Aber zumindest würden wir uns mit einer Waffe sicherer fühlen. Ich habe mal gehört, dass es am Mexikoplatz eine Schwarzhändlerszene geben soll. Da könnten wir versuchen, eine Waffe zu bekommen.

Sylvia strich Gerry über die Haare und steckte ihm seinen Schnuller in den Mund. *Es gibt vielleicht noch eine andere Möglichkeit.*

Mark blickte überrascht auf. *Wie meinst du das, hast du etwa im Keller ein Gewehr versteckt?*

Das nicht, aber Tina hat daheim in ihrem Kleiderschrank einen Revolver versteckt. Zum Schutz vor Einbrechern, wie sie sagt. Den könnte ich mir sicher für eine Weile ausborgen.

Na dann los!

***

Ebner hatte noch in derselben Nacht seinen neuen Fluchtweg erkundet. Über den Innenhof seines Wohnhauses konnte er im Schutze eines Gebüsches über die Verbindungsmauer in den Nachbarhof gelangen. Von dem zweiten Hof gelangte man durch eine Tür ins Stiegenhaus des gegenüberliegenden Gebäudes und von da aus auf die parallel zu seiner Wohnstraße liegende Gasse. Das Ganze nahm nicht mal fünf Minuten in Anspruch und obendrein waren weder die Hof- noch die Eingangstüre des Nachbargebäudes versperrt. Selbst in der Nacht nicht. Das wäre in der Zukunft undenkbar. In der Nacht war es stockdunkel in den Innenhöfen zwischen den Gebäuden, womit ein Überklettern der Verbindungsmauer nicht weiter auffiel. Bei Tageslicht sah die Sache sicherlich anders aus, aber Ebner hoffte, dass die meisten Leute zu der Zeit in der Arbeit wären und seine Turnübung unbemerkt bleiben würde.

Ebner würde noch einen weiteren Tag verstreichen lassen und dann zuschlagen. Er hatte sich überlegt, ob er seine nächste Aktion nicht zur Abwechslung mal tagsüber durchführen sollte. Bis jetzt hatte er immer nachts zugeschlagen, was auch grundsätzlich vernünftig war, da zumindest die meisten Menschen nachts schliefen. Der entscheidende Nachteil an seiner Vorgehensweise war aber leider, dass seine Aktionen für seine Zielpersonen vorhersehbar wurden und sie sich tagsüber in relativer Sicherheit wiegen konnten. Das wollte er ändern. Denn wenn seine Opfer sich nicht sicher sein konnten, zu welcher Zeit er zuschlagen wollte, würden sie angesichts dieses Dauerstresses, womöglich endlich den entscheidenden Fehler begehen, der ihn zum Ziel brachte. Tagsüber zuzuschlagen hatte zwar den weiteren Nachteil, dass es mehr mögliche Zeugen für seine Tat geben könnte, aber er würde notfalls jeden töten, der sich ihm in den Weg stellte. Wenn Ebner sich überlegte, wie einfach es hätte laufen können, hätte sich dieser vermaledeite Student nicht eingemischt, stieg der Groll in ihm hoch. Ebner hätte sich die Aktion, quasi als Zaungast in erster Reihe fußfrei ansehen können und hätte danach nur mehr mit Hellmann verschwinden müssen. Er hätte Hellmann dann natürlich noch als lästigen Mitwisser loswerden müssen, aber er wäre jetzt vermutlich schon wieder bei sich daheim. Und zwar in seiner Zeit. Wie auch immer, es brachte sowieso nichts, wenn er sich lange damit aufhielt, mit dem Schicksal zu hadern. Er würde diesen Auftrag jetzt zu Ende bringen und danach erst mal für ein paar Wochen von der Bildfläche verschwinden. Weissenecker hatte ihm einen Extrabonus zugesichert, wenn alles glattging. Und Ebner hatte vor, diesen Bonus irgendwo im sonnigen Süden zu verprassen.

***

Liebknecht hatte Weissenecker zu sich gebeten und nun saßen sie auf der schwarzen Ledergarnitur in Liebknechts luxuriösem Büro und hatten jeder einen Schwenker mit Liebknechts teurem Cognac vor sich stehen. Sein Vorgesetzter hatte es anfangs gar nicht glauben wollen, dass ausgerechnet sein Protegé, Jean Dupret sich hatte kaufen lassen. Aber nachdem Weissenecker ihm genüsslich die verräterischen Stellen in Duprets Dossier unter die Nase gerieben hatte, war die Katze aus dem Sack. Liebknecht hatte sofort klargestellt, dass Dupret für diesen Verrat bezahlen würde. Allerdings nicht, ohne vorher noch seine geheimen Informationen preisgegeben zu haben. Weissenecker kannte seinen Chef mittlerweile nur zu gut und ahnte, dass dieser Dupret seine Informationen notfalls auch unter Folter herauspressen würde. Aber das musste nicht mehr seine Sorge sein, denn auch für derlei Spezialaufgaben hatte Liebknecht ganz sicher seine Männer.

Weissenecker nippte vorsichtig an der bernsteinfarbenen Flüssigkeit in seinem Cognacschwenker und bekam fast einen Hustenanfall. Er zog den harten Spirituosen eher einen süffigen Wein vor.

Wie wollen wir das in Zukunft mit den Meetings handhaben? Dupret würde sofort wissen, dass er aufgeflogen ist und Gerlach warnen.

Liebknecht ließ seinen Cognac im Schwenker kreisen und ein verschlagenes Grinsen breitete sich auf seinem Gesicht aus. *Ich fürchte, dass der gute Dupret gar nicht mehr so weit kommen wird!*

Weissenecker zog fragend eine Augenbraue hoch.

Bevor dieses Verräterschwein auch nur einen Mucks machen kann, werde ich ihn in meiner Welt des Schmerzes empfangen. Sie kennen doch sicher den Kollegen Jennerwein.

Den kannte Weissenecker tatsächlich nur allzu gut und fast hätte Dupret ihm leidgetan. Aber nur fast. Anton Jennerwein war Fleischhauer gewesen, bevor ihn die Organisation rekrutiert hatte. Außerdem verfügte er über ein abgeschlossenes Medizinstudium. Eine eigenartige Karriere, dachte Weissenecker bei sich. Aber in Wahrheit war Jennerwein durch diese Ausbildungen geradezu zum Folterknecht prädestiniert. Es gab zwar natürlich nach außen hin weder die Organisation selbst, geschweige denn deren eigene Folterabteilung, aber Weissenecker hatte Jennerweins Arbeitsbereich selbst einmal mit eigenen Augen gesehen und war sich wie in einem Seziersaal vorgekommen. Jennerwein selbst war ein rundlicher, kleiner Mann, der immer ein fröhliches Lächeln auf dem Gesicht hatte. Niemand wäre bei seinem Anblick auch nur im Entferntesten auf die Idee gekommen, dass es Anton Jennerwein ein diebisches Vergnügen bereitete, wenn er seinem nächsten Opfer schlimmste Schmerzen zufügen konnte.

Liebknecht und Weissenecker hatten schlussendlich beschlossen, dass es wohl am unauffälligsten war, wenn die regelmäßigen Meetings ganz normal weiterhin stattfinden würden, nur hatte Weissenecker so einen leisen Verdacht, dass Dupret diesen in Zukunft nicht mehr würde beiwohnen können.

***

Zur gleichen Zeit, als Weissenecker und Liebknecht dessen Büro verließen, zog Jean Dupret anderen Orts die Kopfhörer aus seinen Ohren und klappte seinen Laptop zu. Es war offensichtlich doch keine so schlechte Idee gewesen, Liebknechts Büro zu verwanzen und Dupret war heilfroh, dass Gerlach noch darauf bestanden hatte, bevor er untergetaucht war. Liebknecht war Dupret immer schon reichlich suspekt vorgekommen, seit er ihn vor nicht ganz 20 Jahren kennengelernt hatte und das was er in der letzten halben Stunde hatte mitanhören müssen, bestätigte seinen Verdacht, dass der Leiter der Organisation nichts anderes, als ein durchtriebener Mistkerl war. Seit Gerlach ihn damals mit ins Boot geholt hatte, war Dupret damit beschäftigt gewesen, sich Liebknecht anzubiedern, damit er von ihm gefördert würde und schlussendlich in die Organisation aufgenommen wurde. Die ganze Speichelleckerei hatte sich damit gelohnt! Dupret bedauerte nur, dass er nun ebenfalls untertauchen musste, aber ihm war immer klargewesen, dass er mit seinem Theaterspiel über kurz oder lang auffliegen würde. Aber Gerlach und er hatten lange Zeit gehabt, ihren Plan zu entwickeln und sich auf diesen Moment vorzubereiten. Bevor Dupret seinen Häschern in die Hände fallen konnte, würde er bedauerlicherweise einem schrecklichen Autounfall zum Opfer fallen. Dass in Wirklichkeit ein für solche Fälle bestens ausgebildeter Stuntman an seiner Stelle im Auto sitzen würde, war außer Gerlach und natürlich dem Stuntman nur ihm bekannt. Er würde für seine Verdienste um die Wissenschaft ein Ehrenbegräbnis am Wiener Zentralfriedhof bekommen und fortan unter anderer Identität seinen wohlverdienten Vorruhestand genießen. Dupret fuhr sich durch seine schon leicht angegrauten, welligen Haare und zündete sich einen Zigarillo an. Er hatte sich über die Jahre immer fit gehalten und konnte nun, so Gott wollte, einem sorgenfreien Leben entgegenblicken. Dass seine Karriere nun so abrupt enden musste, erfüllte Dupret doch mit einer gewissen Wehmut. Aber die Tatsache, dass sein Abgang mithelfen würde, eine beispiellose Katastrophe zu verhindern, stimmte ihn wieder versöhnlicher. Dupret konnte sich noch gut an seine Anfangszeit bei CERN erinnern, als er und Gerlach noch zwei junge, ambitionierte Forscher gewesen waren. Er hatte sich von Beginn an gut mit dem gemütlichen Österreicher verstanden und die beiden hatten auch bald als Kollegen an der Erforschung der sogenannten exotischen Materie zusammengearbeitet, einer Materie bestehend aus Teilchen mit negativer Energiedichte. Im Zuge dieser Forschungstätigkeit war Gerlach durch Zufall auf das Geheimnis des Zeitreisens gestoßen. Gerlach hatte damals sofort publizieren wollen, aber Dupret, der immer der geschäftstüchtigere der beiden gewesen war, hatte ihm geraten, daraus sein eigenes Ding zu machen. Auf Duprets Anraten hatte Gerlach mit amerikanischen Investoren Kontakt aufgenommen und das Projekt "Digital Orbit Enterprises" war geboren worden. Die amerikanischen Investoren hatten sich ausbedungen, dass sich Digital Orbit Enterprises offiziell mit alternativen Energieträgern beschäftigen sollte und die Forschung an Zeitreisen zunächst im Geheimen stattfinden sollten. Gerlach hatte Dupret angeboten, gleich in die neue Firma mit einzusteigen, aber Dupret wollte noch eine Zeit lang bei CERN bleiben und sein damaliges Forschungsprojekt erst noch zum Abschluss bringen. Gerlach hatte dem nur widerwillig zugestimmt und sich ausbedungen, dass wenn er Dupret irgendwann brauchen würde, er ihn kontaktieren dürfte. Anfang der 2000er-Jahre hatte Gerlach es dann tatsächlich geschafft und die erste Zeitmaschine gebaut. Anfangs war das Projekt auch gut gelaufen, bis der Zwischenfall mit Michaelis passiert war. Jonathan Michaelis war ein junger, äußerst fähiger Ingenieur gewesen, der zusammen mit Gerlach die Maschine gebaut hatte. Er sollte auch als erster Mensch durch die Zeit reisen. Leider war es durch einen Absturz der Software, die eigentlich die Zeitreiseparameter überwachen sollte, zu einem folgenschweren Fehler gekommen, durch den Michaelis, nicht wie ursprünglich geplant, nur ein paar Minuten, sondern gleich für einige Jahre in der Vergangenheit verschwunden war. Nachdem der Ingenieur nicht mehr aufgetaucht war, hatte Gerlach sogleich eine umfassende Fehleranalyse gestartet. Der Softwarefehler konnte schlussendlich behoben werden, aber den Ingenieur hatte das nicht zurückbringen können. Nachdem sich dann relativ rasch im Unternehmen kritische Positionen gegen Gerlach formiert hatten, war dieser eines Tages an Dupret herangetreten und hatte das damals gegebene Versprechen seines alten Weggefährten eingefordert. Und nun würde sich ihre so lange andauernde Zusammenarbeit in einen Haufen rauchender Trümmer auflösen.

***

Aaron Goldberg hatte verwundert festgestellt, dass Ebner diesmal nicht, wie gewöhnlich seine Mittagsrunde machte. Das war verdächtig und so schickte sich Goldberg an, den Killer, entgegen seiner Instruktionen, zu verfolgen. Wenn der Typ sich heimlich aus seiner Wohnung schleichen konnte, war das nämlich ebenso wenig im Interesse seines Chefs. Sein Boss hatte ihm zwar eingeschärft, dass jedes noch so kurze Auftreten in der Öffentlichkeit ihre Mission gefährden konnte, aber Goldberg musste sich über Ebners plötzlichen Gesinnungswandel Gewissheit verschaffen. Da er aufgrund seiner Observationen wusste, dass Ebner sich eigentlich jetzt gerade in seinem Stammbeisl aufhalten sollte, verließ er seinen Posten, um dem Etablissement einen unauffälligen Besuch abzustatten. Goldberg betrat das kleine Gasthaus, um sich an der Theke ein Päckchen Zigaretten zu kaufen. Zusätzlich ließ er auch noch heimlich einen kurzen Blick durch den Gastraum schweifen. Und tatsächlich saß der Mann in einer der hinteren Nischen, um sich dem kulinarischen Hochgenuss eines Schweinsbratens hinzugeben. Also bestellte sich Goldberg zu seinen Zigaretten auch noch ein Bier und behielt seinen Posten an der Theke. An sich konnte Goldberg weder Bier noch Zigaretten ausstehen – allenfalls gönnte er sich ab und zu mal einen Singlemalt und eine Pfeife, aber was tat man nicht alles, um den Anschein zu wahren. Drei Zigaretten und ein weiteres Bier später hatte Ebner sein Mahl endlich beendet und verließ die Gaststätte. Goldberg folgte dem Killer in gebührendem Abstand, um seine Tarnung aufrecht erhalten zu können. Als Ebner nicht, wie erwartet, seinen Hauseingang benutzte, sondern in einem Gebäude in einer Parallelstraße verschwand, war Goldberg schnell klar, dass er einen Fluchtweg über die Innenhöfe gefunden hatte. Gar nicht dumm der Mann, das musste Goldberg ihm lassen. Der ehemalige Schin Bet Agent kehrte zu seinem Beobachtungsposten am Fenster zurück und nahm wieder das Haus gegenüber ins Visier. Der Job war langweilig, aber die Taktik dahinter sonnenklar. Indem Goldberg Ebner observierte, konnte er, ohne viel aufzufallen und damit möglicherweise ein Zeitparadoxon auszulösen, an die Zielpersonen herankommen. Außerdem konnte er auf die Art und Weise gleichzeitig auch Ebner daran hindern, die Vergangenheit zu verändern.

***

Mark und Sylvia hatten sich überlegt, dass es für sie und den Kleinen sicherer wäre, wenn nur er allein zu Tinas Wohnung führe. Er hoffte nur, dass Ebner nicht so bald auf die Idee käme, wieder in Sylvias Wohnung nach ihnen zu suchen. Er hatte sich außerdem zu seiner eigenen Sicherheit mit einer Perücke und einer Baseballkappe verkleidet.

Mark war auf einem Umweg nach Nußdorf gefahren und hatte sich unterwegs immer wieder unauffällig umgesehen. Er hatte zum Glück niemanden entdeckt, der sich näher für ihn interessierte oder ihn gar verfolgte. Allerdings war er sich auch im Klaren darüber, dass sich ein Profi bei seiner Beschattung sicher nicht die Blöße einer Entdeckung geben würde. Doch angesichts der Fehlschläge, die dieser Ebner bis jetzt hatte hinnehmen müssen, war sich Mark andererseits gar nicht mehr so sicher, ob der Mann tatsächlich ein Profi war. Er betrat die Wohnhausanlage über den hinteren Eingang und achtete auch dabei auf verdächtige Personen. Nachdem er niemanden gesehen hatte, öffnete Mark die Wohnungstüre und machte sich umgehend auf die Suche nach dem Revolver. Nach einigem Suchen, entdeckte Mark die Waffe unter einem Haufen alter Schuhkartons ganz hinten in Tinas Kleiderschrank. Es handelte sich um einen Smith & Wesson Model 642 Ladysmith, einen handlichen, kurzläufigen Revolver, der vor allem von Frauen gerne benutzt wurde, weil er gut in eine Handtasche passte. Mark wog die Waffe in der Hand und zielte versuchsweise auf die Zimmertüre. Der kleine Revolver lag erstaunlich gut in der Hand und war auch nicht sonderlich schwer vom Gewicht her. Mark fand recht schnell den Arretierungshebel, mit dem sich die Trommel seitlich ausschwenken ließ. Er lud die sechs Kammern der Trommel mit der in einem kleinen Karton befindlichen 9 mm-Munition. Schließlich fand er auch auf der linken Seite der Waffe noch den Sicherungshebel, der sich in der Save-Position befand. Mark war froh, dass Tina keine Pistole zu ihrem Schutz angeschafft hatte. Denn die waren für einen Laien, wie ihn deutlich komplizierter in der Handhabung. Er hatte zwar im Fernsehen gesehen, wie man bei einer Pistole das Magazin ein- und ausschob und dass man durch Zurückschieben des Schlittens die erste Patrone in den Lauf beförderte, aber er hatte noch nie eine solche Waffe selbst in der Hand gehabt. Außerdem wusste er, dass Anfänger die Pistole oft falsch hielten und ihnen dann der Schlitten beim Zurückfahren in die weiche Stelle zwischen Daumen und Zeigefinger schnitt. Diese schmerzhafte Erfahrung konnte er sich somit ersparen. Mark beförderte den Revolver samt Überkarton und Munitionsschachtel in seinen Rucksack und machte sich wieder auf den Rückweg. Er hoffte sehr, dass er nicht ausgerechnet jetzt von der Polizei aufgehalten und durchsucht wurde. Wenn die Polizeibeamten die geladene Waffe in seinem Rucksack fänden, wäre er wohl ziemlich in Erklärungsnot. Am besten wäre es natürlich, wenn er den Revolver gar nicht erst würde benützen müssen.

***

Peter Weissenecker saß in seinem Büro und las nun schon zum dritten Mal eine E-mail, die von Gerlachs Sekretärin in seinem Namen an alle Mitarbeiter bei Digital Orbit Enterprises versandt worden war. Darin war zu lesen, dass gestern Nacht der allseits geschätzte Kollege, Jean Dupret bei einem schweren Verkehrsunfall ums Leben gekommen war. Weissenecker überlegte, ob Liebknecht vielleicht in Panik geraten war und vorschnell Duprets Liquidierung angeordnet hatte. Andererseits hatte sein Vorgesetzter gestern noch selbst vorgeschlagen, dass sie Dupret vorher noch sein geheimes Wissen herauslocken wollten. Wenn sich der Unfall als eine Tatsache herausstellen sollte, dann hatte sich zwar ihr Problem mit der undichten Stelle quasi von selbst erledigt, aber dafür würde der Verräter sein Wissen mit ins Grab nehmen. Und das war gar nicht gut. Es lag nämlich durchaus im Bereich des Möglichen, dass Gerlach in diesem Fall eine weitere Person ins Vertrauen zog, um die Organisation wieder zu unterwandern und dann hätten sie das gleiche Problem, wie zuvor. Weissenecker musste unbedingt noch vor dem nächsten regulären Meeting mit Liebknecht über die Angelegenheit sprechen. Bevor er jedoch noch zum Telefonhörer greifen konnte, vibrierte sein Handy in der Sakkotasche. Es war eine SMS von Liebknecht. *In meinem Büro in 5 Minuten.* Liebknecht hatte die Nachricht also ebenfalls bereits gelesen.

***

Als Weissenecker Liebknechts Büro betrat, stand sein Chef mit dem Rücken zu ihm am Fenster und starrte ins Freie hinaus. Weissenecker mutmaßte allerdings, dass Liebknecht, ob der schlechten Neuigkeiten, nicht die eigentlich so prachtvolle Aussicht genießen wollte. Sie nahmen wieder an der schwarzen Ledersitzgarnitur Platz, wobei diesmal kein Cognac am Tisch stand. Aber Weissenecker war insgeheim froh darüber, da er beim letzten Mal von der Spirituose mörderisches Sodbrennen bekommen hatte.

Liebknecht kam ohne Umschweife zur Sache. *Haben Sie eine Liquidierung Duprets angeordnet?*

Nein, natürlich nicht! Dasselbe wollte ich Sie auch schon fragen.

Ich auch nicht. Gut, da wir das geklärt hätten, gibt es meiner Meinung nach nur zwei Möglichkeiten. Erstens: Dupret hat sich wirklich um einen Baum gewickelt. Oder aber zweitens: Er hat seinen Tod nur inszeniert, weil er damit rechnen musste, dass wenn seine Tarnung auffliegt, wir uns um ihn kümmern würden. Ich würde Sie bitten, diesbezüglich bei der Polizei oder von wem sonst auch immer Erkundigungen einzuholen. Aber seien Sie um Gottes Willen diskret dabei.

Weissenecker nickte. Er verfügte aus seiner aktiven Zeit beim Heeresnachrichtendienst noch über gute Kontakte und könnte spätestens bis am Nachmittag die gewünschte Information besorgen.

Wie wollen wir nun weiter vorgehen? Egal ob es sich nun tatsächlich um einen Unfall handelt oder jemand uns das nur weismachen möchte, gehe ich nämlich stark davon aus, dass Gerlach für so einen Fall vorgesorgt hat. Wir können es uns gerade in dieser heiklen Phase nicht leisten, kostbare Zeit mit der Suche nach einem weiteren Maulwurf zu verschwenden.

Liebknecht legte seine Nickelbrille vor sich auf den Glastisch und massierte sich die Nasenwurzel. Weissenecker wusste, dass sein Chef das immer tat, wenn er über ein Problem nachgrübelte.

Sie haben natürlich recht, es macht in Wahrheit keinen Unterschied. Für den Fall, dass es sich bei dem Unfalltod wirklich nur um ein geschicktes Täuschungsmanöver handelt, wird es wohl am besten sein, wenn wir Gerlach in dem Glauben lassen, dass ihm seine Täuschung gelungen ist. Wir werden die Meetings wie geplant stattfinden lassen, aber die heiklen Themen nicht mehr im Plenum besprechen. Liebknecht richtete sich auf. *Bzw. könnten wir sogar einen möglichen weiteren Maulwurf mit bewussten Falschinformationen füttern. Apropos Gerlach, was gibt es Neues aus der Vergangenheit?*

Nicht viel bis jetzt. Ebner ist weiter an der Sache dran, aber bis dato sind ihm die Zielpersonen immer wieder entwischt.

Liebknecht reagierte erwartungsgemäß nicht sehr erfreut auf diese Nachricht. *Nach der Pleite mit Hellmann hatte ich mir von Ihrem Mann eigentlich mehr erwartet. Machen Sie ihm ein wenig Druck.*

Nachdem Weissenecker Liebknecht sein Versprechen gegeben hatte, die Angelegenheit zu forcieren, kehrte er wieder in sein eigenes Büro zurück.

***

Ebner hatte Weisseneckers Nachricht über den üblichen Kanal erhalten und las die wenigen Zeilen mit wachsendem Unmut. Diese Sesselfurzer und Bürohengste hatten leicht reden! Ebner wollte zu gerne diesen Weissenecker oder gar Liebknecht an seiner Stelle nach den Zielpersonen fahnden sehen. Weissenecker war zwar mit seinem geheimdienstlichen Hintergrund nicht zu unterschätzen, aber gerade Liebknecht hatte in den letzten 25 Jahren sicherlich kaum mehr getan, als sich seinen Arsch in seinem bequemen Bürostuhl breit zu sitzen. Die hatten doch in Wahrheit beide keine Ahnung, worauf es bei der Menschenjagd wirklich ankam. Die konnten nur Befehle erteilen und Druck machen. Aber Ebner würde sich auch von so einem hohen Tier, wie Liebknecht nicht unter Druck setzen lassen. Denn wenn ihn seine Erfahrung eines gelehrt hatte, dann, dass man in seinem Gewerbe unter Druck am ehesten Fehler beging. Und ein jeder Fehler und sei er auch noch so klein, konnte sein letzter sein.

Apropos Fehler. Ebner hatte zu allem Überfluss heute schon den ganzen Tag das ungute Gefühl, selber unter Beobachtung zu stehen. Er war zwar äußerst vorsichtig gewesen und hatte niemanden in seiner Nähe bemerkt, der sich speziell für ihn interessiert hätte, aber auf seinen Instinkt hatte Ebner sich bis jetzt immer verlassen können. Er hatte sich schon überlegt, ob vielleicht dieser Berger wieder hinter ihm her spionierte. Der Typ war zwar gerissen, aber Ebner traute ihm nicht zu, ihn komplett, ohne dass er etwas davon mitbekam zu verfolgen. Er musste ab jetzt einfach noch eine Spur wachsamer sein. Aber vor allem musste er diese Sache endlich zu einem Ende bringen. Und zwar nicht, weil ihm seine Vorgesetzten bereits im Nacken saßen, sondern weil er an sich selbst nur den höchsten Anspruch setzte. Also hatte Ebner sich vorgenommen, gleich morgen am Vormittag zuzuschlagen. Dies war seiner Vermutung nach, der Zeitpunkt, wo seine Opfer am wenigsten damit rechnen würden, dass er sie besuchen kam.

***

Nach dem Telefonat mit Jean Dupret, seinem alten Forscherkollegen bei CERN, lehnte sich Gerlach in seinem Bürostuhl zurück. Zum Glück hatte er Dupret gleich erreicht. Er hatte schon befürchtet, dass der Forscher um diese nachtschlafende Zeit am Ende gar nicht ans Telefon gehen würde. Aber seine Sorge war unbegründet gewesen, denn Dupret war eben ein Vollblutforscher und während der finalen Phase, in der sich sein aktuelles Forschungsprojekt gerade befand, ohnehin Tag und

Nacht im Labor. Nach dem Austausch der üblichen Begrüßungsfloskeln und der gegenseitigen Nachfrage, woran sie gerade arbeiteten, war Gerlach umgehend zum Thema gekommen. Er erzählte seinem Exkollegen von seinen ersten erfolgreichen Tests mit der Zeitmaschine und dass schließlich sein Assistent und Techniker, mit dem er das Projekt von Beginn an vorangetrieben hatte, als erster Mensch durch die Zeit gereist war. Gerlach berichtete weiter, wie der Test mit Michaelis gescheitert war, sowie von seiner anschließenden Reise ins Jahr 1888 und dem Zeitungsartikel, den er schlussendlich entdeckt hatte. Dupret war ob dieser schlechten Nachrichten einigermaßen schockiert und vor allem Michaelis tragisches Schicksal schien ihm nahezugehen. Die beiden Freunde hatten anschließend vereinbart, dass Dupret sein Forschungsprojekt so schnell wie möglich zum Abschluss bringen und anschließend umgehend nach Wien kommen würde. Dupret würde zum Schein bei Digital Orbit Enterprises einsteigen, damit sie zusammen an einer Lösung für das Problem arbeiten konnten.

Gerlach hoffte, dass sich sein Freund bald von seinem Forschungsprojekt bei CERN würde loseisen können. Sie durften angesichts der Konsequenzen, die die Vorfälle der letzten Tage nach sich ziehen konnten keine Zeit mehr verlieren. Er kramte eine weitere Zigarette aus der Packung in seinem Schreibtisch und stellte mit schlechtem Gewissen fest, dass ihm das Rauchen wieder zu schmecken begann. Wenn ihm jetzt nicht schnellstens ein paar gute Ideen kamen, musste er sich ohnehin keine Sorgen machen, an Lungenkrebs sterben zu müssen. Er nahm einen tiefen Zug, ließ den Rauch anschließend aus der Nase wieder ausströmen und überlegte, was jetzt zu tun war. Gerlach war sich ziemlich sicher, dass sich innerhalb des Unternehmens ihm gegenüber bald ein erster Widerstand formieren würde. Eine Untersuchungskommission würde ins Leben gerufen werden und ein Haufen selbst ernannter Experten würde daraufhin in seinem Labor alles auf den Kopf stellen, um ihn als Scharlatan zu entlarven. Und mit Sicherheit würde sich dieser verdammte Harald Liebknecht an die Spitze dieser Inquisitionsabteilung setzen. Gerlach ahnte, dass es ab diesem Zeitpunkt nicht mehr allzu lange dauern würde, bis man hinter vorgehaltener Hand seinen Kopf fordern würde und zwar nicht nur im übertragenen Sinne. Es war ihm zwar gelungen, die Ergebnisse des Diagnoseprogramms des Steuercomputers zu manipulieren, aber an das Master Log File der Zeitmaschine, in dem jeder einzelne Zeitsprung fein säuberlich dokumentiert war, kam auch er nicht heran. Insofern hatte er sich durch seine eigene Gründlichkeit nun selbst auf den Präsentierteller gelegt. Somit war es auch nur mehr eine Frage der Zeit, bis sie ihm auf die Schliche kommen würden. Gerlach hoffte nur, dass ihm noch so viel Zeit blieb, bis Dupret zu seiner Unterstützung kam. Er würde seinen ehemaligen Kollegen als externen Berater anstellen, der die Untersuchungskommission unterstützen sollte. Gerlachs Blick fiel auf eine alte Fotografie, die an der Korkpinnwand über seinem Schreibtisch befestigt war. Auf dem Foto waren er und Dupret in ihrem damaligen Labor bei CERN zu sehen, wie sie sich gerade über den Labortisch hinweg die Hände reichten, jeder ein Glas Sekt in der anderen Hand. Die Aufnahme musste ein paar Wochen, bevor er seine entscheidende Entdeckung zur Zeitreise gemacht hatte entstanden sein. Dupret trug, wie immer seinen Laborkittel offen und glich mit seinem dichten, schwarzen Wuschelkopf und dem gewinnenden Lächeln mehr einem Urlaubsanimateur, denn einem Wissenschaftler. Und er selber daneben, mit der dicken Hornbrille und der schon damals höher werdenden Stirn und einem scheuen, schiefen Grinsen auf den Lippen. So unterschiedlich sie sowohl von ihrem Aussehen, als auch von ihrem Wesen her waren, so hatten sie sich doch bei der Arbeit im Labor perfekt ergänzt. Gerlach erinnerte sich mit ein bisschen Wehmut an diese tolle Zeit zurück. Hätte Dupret ihm damals nicht den entscheidenden Impuls gegeben, sich mit seiner Arbeit selbstständig zu machen, wäre Gerlach wahrscheinlich jetzt noch immer bei CERN. Die Lorbeeren für seine Entdeckung hätte dann sicherlich wer anderer eingeheimst, aber sein Leben wäre vielleicht ruhiger und vor allem weniger gefährlich verlaufen. Andererseits hatte doch erst Dupret ihn dazu gebracht, die Zeitmaschine zu entwickeln. Vielleicht war ja sein Freund sogar indirekt dafür verantwortlich, dass sie alle überhaupt geboren worden waren.

Gerlach sog zischend die Luft ein, als die mittlerweile bis zum Filter heruntergebrannte Zigarette ihm die Finger verbrannte. Er versenkte die Kippe fluchend in seiner Kaffeetasse und warf die Zigarettenpackung in den Papierkorb. Für heute würde Gerlach den lieben Gott einen guten Mann sein lassen und nach Hause fahren. Morgen bei der Abteilungsbesprechung würden sie sicher Gericht über ihn halten und da sollte er sich entsprechend darauf vorbereiten.

***

Als Mark in Sylvias Wohnung zurückkam, war die junge Mutter gerade dabei, das Baby trocken zu legen. Er warf den Rucksack aufs Bett, um ihr beim Wickeln des Kleinen zur Hand zu gehen.

Bist du jetzt auch ein Hausmann und fürsorglicher Vater, meinte sie mit einem spitzbübischen Seitenblick. Aber dann lächelte Sylvia ihn dankbar an, während sie mit geübten Händen die Beine des Kleinen anhob, um die frische Windel darunter zuschieben. Sylvia verwendete Stoffwindeln und Mark erinnerte sich, dass es zwar seit einigen Jahren auch in dieser Zeit schon Einwegwindeln gab, sich diese aber noch nicht so wirklich durchgesetzt hatten und zudem auch sehr teuer waren.

Mark hatte den Revolver aus dem Rucksack geholt und alles auf dem Bett ausgebreitet. Sylvia beäugte die Waffe erst misstrauisch, nahm sie schließlich aber doch in ihre Hand.

Kann das Ding eh nicht plötzlich losgehen? Sylvia hielt den Revolver zur Sicherheit in Richtung Boden.

Keine Sorge! Solange der Sicherungshebel den Abzug blockiert, kann nichts passieren. Mark nahm den Revolver wieder an sich und zeigte Sylvia, wie man die Waffe sichern konnte bzw. wie man die Trommel herausschwenkte und die Kammern lud.

Sylvia sah Mark mehr und mehr beeindruckt dabei zu, wie er mit dem Revolver hantierte. *Sag bloß, das lernt man bei euch auch aus dem Internet?*

Nicht nur das. Dir wird auch gezeigt, wie du den Abzug betätigst, um jemandem das Licht auszublasen. Mark krümmte zur Veranschaulichung den Zeigefinger um einen imaginären Abzug.

Das Internet wird mir langsam immer unsympathischer. Sylvia gab ihm den Revolver zurück.

Ja, die weltweite Vernetzung hat leider nicht nur Vorteile. Unter anderem stellen Rechtsradikale auf eigenen Internetportalen offen ihre verqueren Ansichten zur Schau, es gibt eine eigene Videoseite im Netz, wo du dir Verkehrsunfälle, Morde oder Ähnliches anschauen kannst. Und dann gibt's natürlich auch Videospiele, die ebenfalls über das Internet verkauft werden, in denen du in Echtzeit andere Leute abknallen kannst. Mittlerweile wird schon diskutiert, ob nicht solche Videospiele für die zunehmende Aggressivität und Gewaltbereitschaft der Jugendlichen verantwortlich sind. In den letzten Jahren konnte man nämlich beobachten, dass Schulhofschlägereien nicht mehr bloß harmlose Rangeleien sind, sondern die Kids auch dann noch auf ihre Kontrahenten eintreten, wenn die längst am Boden liegen.

Das ist ja ekelhaft! Sylvia verzog ihr Gesicht zu einer Grimasse. *Ich frage mich immer mehr, in was für eine Welt ich den Gerry da loslasse.*

Also ich glaube nicht, dass gewaltverherrlichende Computerspiele allein für die zunehmende Aggressivität unter Jugendlichen verantwortlich gemacht werden können. Ich denke, dass zu einem großen Teil dieses Überangebot an medialer Gewalt mit Schuld daran ist. In meiner Zeit brauchst du nur den Fernseher aufzudrehen und kannst praktisch zu jeder Tageszeit einen Mord mitansehen. Und dieses Überangebot führt lo-

gischerweise unweigerlich auch dazu, dass Gewalt und Tod etwas Alltägliches geworden sind, was ja auch stimmt. Schau nur mal die Nachrichten im Fernsehen, da wird doch täglich nur von Kriegen, Mord und Totschlag berichtet. Allerdings spielt auch die Kinderstube eine nicht unwesentliche Rolle. Als Jugendlicher habe ich selbst für mehr antiautoritäre Erziehungsmethoden plädiert, aber mittlerweile sehe ich das etwas differenzierter. Denn wenn ich als Kind praktisch machen kann, was ich will, keine Verantwortung mehr übernehmen muss und mir keine richtigen Grenzen gesetzt werden, dann brauchen sich die Eltern nicht wundern, wenn sich ihre Sprösslinge später ihnen und anderen gegenüber respektlos zeigen. Ein Sprichwort sagt ja, dass Kinder die wahren Anarchisten sind. Glaube mir, ich bin absolut gegen die "g'sunde Watschn", aber ein Mindestmaß an Respekt und Anstand sollte man seinen Kindern schon mitgeben.

Absolut, ich werde mein Kind sicherlich niemals schlagen, ganz egal, was passiert ist oder wie wütend ich bin. Aber ich finde auch, dass sich eine ordentliche Erziehung irgendwann später bezahlt macht. Die Kinder tun sich dann später in ihrer eigenen Familie und auch im Berufsleben einfach leichter.

Wie auch immer. Mir macht es auch keinen Spaß, mit einer geladenen Waffe herumzulaufen, aber offensichtlich lässt man uns keine andere Wahl. Mark legte den Sicherungshebel des Revolvers um und versteckte ihn unter dem Kopfpolster auf seiner Seite des Bettes.

***

Harald Liebknecht ordnete seine Besprechungsunterlagen und wartete, bis am Tisch Ruhe eingekehrt war. Die anderen Besprechungsteilnehmer flüsterten noch aufgeregt mit ihren Sitznachbarn und zeigten sich gegenseitig Nachrichten auf ihren Diensthandys. Liebknecht vermutete, dass die Kunde von Duprets Ableben bereits die Runde gemacht hatte.

Wie sie höchstwahrscheinlich alle schon wissen, ist unser werter Kollege, Jean Dupret bei einem Verkehrsunfall verstorben. Ich habe bereits eine Blumenspende für sein Begräbnis und eine Kondolenznachricht an die Hinterbliebenen veranlasst. Das ist natürlich äußerst tragisch, aber nichtsdestotrotz müssen wir uns jetzt wieder unserer Kernaufgabe widmen. Denn ich brauche Ihnen wohl nicht zu erklären, dass uns schön langsam die Zeit davonläuft.

Liebknecht wandte sich an Peter Weissenecker, der ihm gegenübersaß und wie üblich seine kühle Distanz zur Schau stellte. *Haben Sie Neuigkeiten von unserem Mann an der Front zu berichten?*

Ja, der finale Einsatz ist für morgen geplant. Diesmal will er am Tag zuschlagen, da wir der Meinung sind, dass die Nachtstunden zu offensichtlich erscheinen. Weissenecker war, wie immer von Liebknechts Kaltschnauzigkeit beeindruckt. Wie elegant er das Thema Dupret unter den Teppich gekehrt hatte, um niemanden in der Runde wegen der undichten Stelle aufzuscheuchen.

Sehr gut, ich erwarte, dass Sie mir sofort Bericht erstatten, sobald die Zielpersonen beseitigt sind. Ich möchte außerdem, dass Sie für den Fall, dass Ebner erneut scheitern sollte, um-

gehend unseren Ersatzmann aktivieren. Ich bin sowieso der Meinung, dass wir den Israeli von Beginn an auf den Fall hätten ansetzen sollen. Ebner hat sich zwar in der Vergangenheit als wertvolle Waffe bewährt, aber ich fürchte, dass dieser Fall eine Nummer zu groß für ihn ist.

Weissenecker nickte nur.

Hager, wie weit ist unsere Suche nach Gerlach gediehen? Liebknecht wandte sich einem Mittvierziger mit blonder Halbglatze und Brille zu.

Der Angesprochene warf einen kurzen Blick in die Runde und wandte sich dann ebenfalls Liebknecht zu. *Unseren neuesten Daten zufolge scheint er sich nicht mehr in dieser Zeit aufzuhalten. Unglücklicherweise dürfte er seine Flucht von langer Hand und minutiös geplant haben. Und wir sind uns absolut sicher, dass er dabei Hilfe gehabt hat.*

Liebknechts Mimik zeigte bei diesen Worten deutlich, dass er mit dieser Antwort überhaupt nicht zufrieden war. *Schön, dass Sie zumindest wissen, wo er nicht ist. Haben Sie mir nicht gesagt, dass wir seinen Aufenthaltsort anhand des Master Log Files der Zeitmaschine eruieren können und dass selbst ein Herr Gerlach diese Datei nicht manipulieren kann.*

Weissenecker schüttelte bei diesen Worten unmerklich den Kopf. So sehr Liebknecht sich auch auf anderen Gebieten verdient gemacht haben mochte, mit Computern kannte er sich nicht wirklich aus. Weissenecker war zwar selbst kein ausgewiesener IT-Spezialist, aber er wusste aus Erfahrung, dass man, das richtige Wissen natürlich vorausgesetzt, jedes

Computersystem überlisten konnte und sei es auch noch so gut geschützt. Im Hinblick darauf machte sich Weissenecker auch keine Illusionen, was die Auffindung Manfred Gerlachs anging. Der Mann hatte ganz offensichtlich bereits kurz nach dem Vorfall mit Michaelis geahnt, dass sich Kräfte innerhalb des Unternehmens gegen ihn wenden könnten und so war es ja dann auch gekommen. Weissenecker war weiters klar, dass sich Gerlach daraufhin Unterstützung durch seinen alten Freund Dupret ins Boot geholt hatte.

Die weitaus interessantere Frage, die Weissenecker schon länger beschäftigte, war die, nach Michaelis wahrem Verbleib und Schicksal. Die offizielle Version lautete, dass der Techniker und Assistent Gerlachs durch eine Fehlfunktion der Steuerungssoftware an einem bis dato unbekanntem Ort in einer ebenso bislang unbekannten Zeit gestrandet war. Weissenecker wusste aber, dass das Zeitportal nach dem Durchgang für längstens 15 Minuten stabil blieb. Somit wäre eigentlich für Michaelis genug Zeit geblieben, wieder in seine ursprüngliche Zeit zurückzukehren. Da der Techniker aber nicht mehr aufgetaucht war, konnte das eigentlich nur bedeuten, dass ihm in der Vergangenheit etwas zugestoßen sein musste. Und wenn Weissenecker weiters davon ausgehen konnte, dass es Gerlach trotz der Sicherheitsmaßnahmen gelungen war, sowohl das Diagnoseprogramm der Steuerungssoftware, als auch das Master Log File der Zeitmaschine selbst zu manipulieren, dann deutete eigentlich alles darauf hin, dass er sehr wohl herausgefunden hatte, wohin es Michaelis verschlagen hatte. Und wenn Gerlach das herausgefunden hatte, war es eigentlich logisch, dass er sich selbst ein Bild von der Situation hatte machen wollen und Michaelis nachgereist war. Da aber Gerlach ohne seinen Techniker wieder zurückgekommen war, war dieser vermutlich in der Vergangenheit einem Unglück zum Opfer gefallen und gestorben. Die große Frage, die sich Weissenecker nun stellte, war, wieso Gerlach dieses Unglück nicht verhindert hatte. Er hatte dazu zwei Theorien, konnte nur leider keine davon beweisen. Theorie Nummer 1: Gerlach hatte tatsächlich nur mehr einen Zeitsprung machen können, bei dem es ihm nicht gelungen war, seinen Techniker zu retten. Theorie Nummer 2: Gerlach *durfte* Michaelis Tod in der Vergangenheit nicht mehr ungeschehen machen, weil das die Zukunft zu sehr beeinflusst hätte. Um all das zweifelsfrei aufklären zu können, müssten sie Gerlach nur verhören können, den Spezialisten dafür hatten sie ja. Nur leider war der Forscher unauffindbar und hatte zudem ärgerlicherweise seine Spuren sehr gut verwischen können. Weissenecker vermutete, dass Dupret einen nicht unerheblichen Anteil dazu beigetragen hatte. Dupret war zwar jetzt aus dem Spiel, aber Weissenecker war sich fast 100-prozentig sicher, dass Gerlachs Forscherkollege keinem Verkehrsunfall zum Opfer gefallen war, sondern nach seiner Enttarnung einfach ebenfalls abgetaucht war. Und diesbezüglich stellte sich Weissenecker die zweite große Frage. Wie hatte Dupret so schnell von seiner Enttarnung als Maulwurf Kenntnis bekommen? Leider konnte auch er nicht mehr dazu befragt werden.

Die einzig realistische Chance, die ihnen blieb, ein möglicherweise fatales Zeitparadoxon noch zu verhindern, bestand darin, die Erfindung der Zeitmaschine selbst zu verhindern.

***

Aaron Goldberg war etwas nervös und das passierte ihm nur in den seltensten Fällen. Der Grund für seine Aufregung war, dass Peter Ebner, den er schon den ganzen Morgen, wie üblich durch die Zielvorrichtung seines Gewehrs beobachtet hatte, war verschwunden. Dabei hatte dieser Tag eigentlich so ereignislos, wie die übrigen bisher angefangen. Ebner hatte lange geschlafen und anschließend mit einer Tasse Kaffee die gestrige Zeitung gelesen. Irgendwann gegen elf Uhr war er dann aus dem Zimmer gegangen, wahrscheinlich, um sich im Badezimmer noch frisch zu machen, bevor er seine übliche Runde drehen würde. Nur dieses Mal war Ebner nicht, wie sonst üblich, über die Innenhöfe und das gegenüberliegende Gebäude gegangen, um zu dem Gasthaus zu kommen, wo er immer zu Mittag aß. Goldberg hatte das natürlich überprüft. Es sah jetzt so aus, als hätte Ebner seine Wohnung bislang nicht verlassen und das hätte Goldberg auch noch nicht nervös werden lassen. Was ihn jedoch beunruhigte, war, dass der Mann nicht mehr aus dem Bad zurück ins Zimmer gekommen war. Das mit dem Bad war zudem auch nur Goldbergs Vermutung gewesen, da er den Nassraum aus seiner Position nicht wirklich einsehen konnte. Auf die Straße hinaus gingen nur Ebners Wohn- und Schlafzimmer. Und da der Mercedes des Killers ebenfalls nach wie vor an seinem Platz in der Nähe des Hauseingangs geparkt war, sollte auch Ebner noch daheim sein. Nur, wo war er? Goldberg überlegte kurz, wer das Haus in der Zwischenzeit verlassen hatte. Die Personen, welche regelmäßig aus und eingingen, waren vermutlich Hausbewohner und Goldberg hatte sich diese Leute genau eingeprägt. Eine Person war allerdings neu hinzugekommen und die hatte zwar heute um etwa 10 Uhr das Haus verlassen, aber Goldberg hatte sie zuvor nicht hineingehen gesehen. Das musste natürlich noch nichts bedeuten, da er ja nicht rund um die Uhr an seinem Beobachtungsposten saß, zwei bis drei Stunden schlaf gönnte auch er sich. Diese bewusste Person war ein älterer Mann mit einem Buckel gewesen, der einen Hut und trotz der sommerlichen Temperaturen auch einen Regenmantel angehabt hatte. Es konnte natürlich sein, dass dieser Mann einfach nur jemanden aus dem Haus besucht hatte und Goldberg ihn beim Betreten des Wohnhauses nicht gesehen hatte. Es war allerdings auch ebenso denkbar, dass sich in Wahrheit ein verkleideter Ebner solchermaßen unbemerkt aus dem Haus geschlichen hatte. Goldberg wusste, dass der Mann ein Meister darin war, sein Aussehen zu verändern und dass er auch seine Mordaufträge immer wieder in Verkleidung ausführte. Es konnte natürlich sein, dass Ebner in Wirklichkeit einfach länger in der Badewanne lag oder sonst etwas tat, dass Goldberg aus seiner Perspektive nicht sehen konnte. Andererseits musste man bei Peter Ebner auch auf alles gefasst sein. Er war zwar nach Goldbergs Maßstäben alles andere als ein Profi, aber man durfte ihn auch keinesfalls unterschätzen. Goldberg war sich einfach nicht sicher, was er von der Sache halten sollte. Sicher war nur, dass es nun höchste Zeit wurde, seinen Boss an diesen Neuigkeiten teilhaben zu lassen.

***

Sylvia und Mark waren gestern noch bis spät abends auf dem kleinen Balkon beisammengesessen, um sich zu beratschlagen, wie es nun weitergehen sollte. Vor allem Sylvia begann sich langsam Sorgen zu machen, da ihr Widersacher schon länger nichts von sich hören hatte lassen. Und die Tatsache, dass sich nun ein geladener Revolver im Haus befand, schien sie auch nicht wirklich zu ihrer Beruhigung beizutragen.

Ich fühle mich hier einfach nicht sicher genug, meinte Sylvia schließlich. *Allein schon wegen Gerry. Ich weiß einfach nicht, ob wir uns wirklich sicher sein können, dass uns der Killer hier nicht vielleicht doch nochmals suchen wird. Dem muss doch auch mittlerweile klar geworden sein, dass wir nicht bis in alle Ewigkeit von Pension zu Pension ziehen können.* Sie stellte ihre Füße auf den Plastikstuhl und umfasste ihre Schienbeine mit den Armen.

Auch Mark hatte ganz ähnliche Gedankengänge gehabt. *Ich muss auf jeden Fall morgen wieder zu Ebners Wohnung fahren und versuchen, ihn zu beschatten. Zu wissen, wo er sich aufhält, ist meiner Meinung nach, unsere einzige Chance, herauszubekommen, was er vorhat.*

Ok, aber sei bloß vorsichtig! Nicht, dass dich der Typ am Ende noch entdeckt.

Keine Sorge, ich werde mich natürlich dezent im Hintergrund halten und mich regelmäßig bei dir melden. Es gefällt mir eigentlich nicht, dich und den Kleinen hier allein zurückzulassen, aber wenn wir dort zusammen herumlungern, ist das Risiko größer, dass wir entdeckt werden. Ich lasse dir auf jeden Fall unseren sechsschüssigen Freund hier. Ich weiß, dass dich das Ding eher noch mehr beunruhigt, aber tu mir den Gefallen und habe die Waffe immer in Griffweite.

Eye eye Sir! Sylvia salutierte und schlug die Hacken ihrer nicht vorhandenen Stiefel zusammen.

Die beiden genossen trotz ihrer unangenehmen Situation, noch eine Zeit lang die laue Nachtluft und gingen schließlich kurz vor Mitternacht schlafen.

Mark hatte sich nach einem hektischen Frühstück auf den Weg nach Ottakring gemacht und hockte nun auf seiner üblichen Bank bei der Straßenbahnstation, bewaffnet mit einer Zeitung und dem Fernglas. Er hatte sich außerdem zur Tarnung eine blonde Perücke aufgesetzt und sich einen ebenso gefärbten Vollbart ins Gesicht geklebt. Im Laufe des Vormittages stieg die Temperatur schnell an und es wurde heiß und schwül. Der falsche Bart begann unangenehm in Marks Gesicht zu kleben und besonders unter der Perücke begann er stark zu schwitzen. Als Ebner gegen 11 Uhr immer noch nicht aus dem Haus gekommen war, begann Mark etwas unruhig zu werden. Der einzige Mann, der heute das Haus verlassen hatte, war ein älterer Mann mit Buckel und noch dazu ein ganzes Stück kleiner, als Ebner gewesen. Mark verließ kurz seinen Posten, um Ebners Gasthaus zu überprüfen – es war ja immerhin möglich, dass er den Kerl beim Verlassen des Hauses übersehen hatte. Bis auf drei ältere Herrschaften, die sich einem Kartenspiel widmeten, war der Gastraum jedoch leer. Gegen 13 Uhr entschloss sich Mark wieder nach Floridsdorf zurückzufahren. Er betrat noch schnell eine Telefonzelle, um Sylvia Bescheid zu geben und machte sich dann auf den Weg. Vielleicht hatte der Killer ja bereits früh morgens das Haus verlassen, um in einer der weiteren vielen Pensionen der Stadt nach ihnen zu suchen.

Als Mark Sylvias Wohnung betrat und ihm schon ein paar fröhliche Begrüßungsworte auf den Lippen lagen, bemerkte er, dass sich etwas verändert hatte. Sylvia saß stumm an dem kleinen Tisch in der Küche und war ungewöhnlich blass im Gesicht. Als er die Küche betrat, um sie deswegen anzusprechen, sah er, dass sie nicht allein waren. Der alte Mann mit dem Buckel und dem langen Mantel, den er aus Ebners Haus hatte kommen sehen, hockte auf der Küchenzeile und hatte den kleinen Gerry auf seinem Schoß sitzen. Mit einer Hand hielt er den Jungen fest und in der anderen Hand hielt er eine Glock 17 mit aufgeschraubtem Schalldämpfer. Der Lauf war auf den Kopf des Jungen gerichtet. Marks Blutdruck sackte von einem Moment auf den anderen in den Keller und ihm wurde speiübel. Er machte einen Schritt auf die beiden zu und öffnete seinen Mund, um etwas zu sagen. Der alte Mann kam ihm jedoch zuvor und Mark erkannte Peter Ebner unter der Verkleidung.

Ebner schüttelte den Kopf und deutete mit dem Lauf der Glock in Richtung des Küchentisches. Danach richtete er die Waffe sofort wieder auf Gerrys Kopf.

Mundhalten und hinsetzen!

Mark spürte, wie seine Beine unter ihm nachgeben wollten, aber er schaffte es trotzdem, die zwei Meter bis zum Küchentisch zu gehen und setzte sich Sylvia gegenüber auf den freien Stuhl. Sie schien durch ihn hindurch auf einen imaginären Punkt bei der Eingangstüre zu starren und sagte immer noch kein Wort.

Ebner ergriff wieder das Wort. *Schön, dass wir alle hier endlich beisammen sein können.* Er setzte ein wölfisches

Grinsen auf. *Ich hatte schon nicht mehr damit gerechnet. Ihr habt ja leider ein fast schon unheimliches Talent, immer dann zu verschwinden, wenn ich euch schon beinahe gefunden hätte. Aber dem Onkel Peter entgeht eben nichts und niemand, was mein Kleiner.*

Ebner ließ den Jungen auf seinem Knie ein paar Mal auf und ab wippen, was der Kleine mit einem fröhlichen Glucksen quittierte.

Mark war übel und in seinem Kopf überschlugen sich die Gedanken. Er zwang sich trotzdem dazu, rational und logisch zu denken. Er überlegte fieberhaft, was er tun könnte. Er warf einen sehnsüchtigen Blick in Richtung Schlafzimmer. Dorthin, wo der Revolver lag.

Ebner bemerkte seinen Blick und setzte ein spöttisches Lächeln auf. Dann griff er mit der Linken hinter sich und förderte einen Gegenstand zutage. Marks Augen weiteten sich vor Entsetzen. Es war Tinas Smith & Wesson.

Suchst du das hier, mein Junge? Tja, deine kleine Freundin hier, Ebner war einen verächtlichen Blick auf Sylvia, die immer noch in ihrer Schockstarre verharrte, *wollte sich das Ding auch holen, als sie mich gesehen hat. Tss, wie unartig von euch! Wo die Dinger so hässliche Löcher machen. Und mein Mantel hier war sehr teuer.*

Mark analysierte die Situation und kam zu dem Entschluss, dass ihre Chancen, hier lebend wieder rauszukommen, auf ein verschwindend kleines Niveau gesunken waren. Ebner hatte sie in der Hand und zwar im wahrsten Sinne des Wortes. Seine Lebensversicherung saß auf seinem Schoß und spielte interessiert mit dem Schalldämpfer, der auf ihn gerichteten Glock. Mark überlegte, ob er sich opfern und einfach auf Ebner stürzen sollte. Aber die Zeit, die er benötigen würde, aufzuspringen, um die drei Meter bis zur Küchenzeile zu überwinden, würde nicht ausreichen, Ebner daran zu hindern, den Abzug zu drücken. Außerdem war es dem Killer sicher ganz egal, wen von ihnen er zuerst tötete; er hatte sowieso vor, sie alle drei zu erledigen. Und zu verhandeln, war wohl ebenfalls keine Option. Mit einem Psychopathen, wie Ebner konnte man nicht verhandeln. Sie brauchten schon ein Wunder, um das hier zu überleben.

Ebners Blick richtete sich auf Mark, wie der einer Schlange auf ihre Beute.

Na, Herr Nachtwächter, überlegst du gerade, wie ihr hier herauskommen könnt. Vergiss es, mein Freund, du hast keine Chance! Zugegeben, du bist ein schlauer, kleiner Mistkerl. Besonders die Sache in der Pension war wirklich gut durchdacht. Die Glasscherben auf dem Gang als Alarmanlage. Was für ein Einfall. Wie hab ihr es übrigens geschafft, aus dem Zimmer zu verschwinden? Oder die Sache mit dem Farbkübel an meinem Auto. Hättest nicht gedacht, dass ich das herausfinde, was? Aber trotzdem war das eine erstklassige Idee! An dir ist wahrlich ein Geheimagent verloren gegangen. Aber wie schon bei James Bond, wird auch dir jetzt die Frau an deiner Seite zum Verhängnis. Die Gute hat mir nämlich ganz brav die Tür aufgemacht; hat wohl gedacht, du wärst es. Weißt du, gegen dich persönlich habe ich eigentlich nichts. Im Gegenteil, ich bewundere deine Kaltschnäuzigkeit. Wie du diesen Trottel, Hellmann einfach so mit einem Stein erschlagen hast, war große Klasse. Wir wären ein tolles Team! Peter Ebner & Co, Mord auf Bestellung GmbH. Genial oder? Du hattest einfach

Pech und bist in diese Sache so reingerutscht. Pass auf, ich mache dir einen Vorschlag: Wenn du die beiden hier für mich erledigst, lasse ich dich gehen.

Wie zum Beweis, dass Ebner es damit tatsächlich ernst meinte, hielt er Mark seine Glock hin. *Das ist deine Chance, Junge.* Ebner grinste boshaft.

Mark verschränkte die Arme vor der Brust. *Vergessen Sie's, denn im Unterschied zu Ihnen bin ich kein Mörder!*

Sylvia erwachte plötzlich aus ihrer Erstarrung und rief: *Wieso wollen Sie uns überhaupt umbringen, was haben wir Ihnen denn getan?*

Ebner zuckte entschuldigend mit den Schultern. *Mir habt ihr gar nichts getan! Euren Tod will mein Boss und der hat mir nicht verraten, womit ihr bei seinem Auftraggeber in Ungnade gefallen seid.*

Können wir uns nicht irgendwie einigen, flehte Sylvia und erste Tränen liefen ihr über die Wangen.

Ebners Gesicht bekam einen fast bedauernden Ausdruck. *Was hättet ihr mir schon als Gegenleistung für euer Überleben anzubieten? Geld? Ich fürchte, das Budget meines Auftraggebers ist etwas besser aufgestellt als eures. Ganz abgesehen davon, bin ich nicht hier, um zu verhandeln, das ist nicht mein Auftrag. Dafür werde ich nicht bezahlt. Mein Auftrag lautet, euch drei zu beseitigen und wenn mich jemand für einen Auftrag bezahlt, dann pflege ich diesen auch auszuführen.*

Mark fühlte sich bei diesen Worten groteskerweise an einen alten Spaghetti-Western mit Clint Eastwood erinnert, in welchem der Schauspieler Lee Van Cleef genau dieselben Worte gebraucht hatte. Mark hatte auch nicht erwartet, dass Ebner sich auf Verhandlungen einlassen würde. Der würde sie alle drei eiskalt abknallen und dabei auch noch seinen Spaß haben. Aber vielleicht war das sogar ihre große und wahrscheinlich auch einzige Chance, heil aus diesem Schlamassel herauszukommen. Ihm war zwar klar, dass Sylvia und ihr Sohn nur deswegen noch am Leben waren, weil Ebner, wollte er sie alle drei auf einen Schlag erwischen, noch auf Mark hatte warten müssen. Aber trotzdem hatte er den Eindruck, dass der Kerl nicht der übliche gedungene Killer war, der einfach methodisch und rasch seinen Auftrag erledigte. Mark hatte viel eher den Eindruck, dass Ebner die Sache zudem auch Spaß machte. In dieser Beziehung war der Typ wie eine Katze, die eine gefangene Maus nicht gleich fraß, sondern noch eine Zeit lang mit ihr spielte. Und wenn Ebner sich für die Erledigung seines Auftrages Zeit ließ, um größtmöglichen Genuss daraus zu schöpfen, dann blieb ihnen auch mehr Zeit, sich eine geeignete Exit-Strategie zu überlegen. Ebner war zwar in seiner Art zu handeln eiskalt, aber er war kein eiskalter Profi. Ganz im Gegenteil hatte er sich bereits den einen oder anderen Schnitzer geleistet. Und vielleicht gelang es ihnen ja, ihm wieder einen Fehler aufzuzwingen. Die Frage war nur, wie?

***

Manfred Gerlach bedauerte es zwar ein bisschen, dass er durch Jean Duprets Enttarnung, nun keinen direkten Draht mehr zur Organisation hatte, aber das hatte er ohnehin vorausgesehen, das gehörte quasi mit zum Plan. Es hatte ihn diebisch gefreut, dass sie der Organisation und ihren Handlangern immer einen entscheidenden Schritt voraus gewesen waren. Der Plan, den er damals mit seinem ehemaligen Kollegen bei CERN ausgeheckt hatte, war zur Gänze aufgegangen und sie befanden sich mittlerweile in der Angelegenheit auf der Zielgeraden. Gerlachs neuesten Informationen zufolge, würde sich heute alles entscheiden. Für ihn wurde es damit langsam Zeit, wieder aus der Versenkung aufzutauchen. Dazu musste er zwar eine weitere Zeitreise unternehmen und das war der wirklich heikle Punkt an seinem Plan. Und insofern war Gerlach sehr froh, dass er damals doch noch eine Möglichkeit gefunden hatte, das Master Log File zu manipulieren. Mit diesen Gedanken verließ er sein Versteck und machte sich auf den Weg ins zweite Untergeschoss bei Digital Orbit Enterprises.

***

Ebner blickte in die Runde.

Tja Leute, wenn es nach mir ginge, könnten wir noch länger so entspannt plaudern, aber ich fürchte, dass mein Auftraggeber leider nicht so relaxed ist. Und meine Deadline läuft heute aus. Aber zumindest habe ich, was die Art und Weise eures Ablebens anbelangt freie Hand. Somit überlasse ich es euch, wie ihr sterben wollt. Zur Wahl stehen Erschießen oder ein Unfall im Haushalt. Spontan fiele mir da eine Gasvergiftung aufgrund einer defekten Therme ein. Aber vielleicht habt ihr noch ein paar bessere Vorschläge.

Mit diesen Worten schwang er sich vom Tresen und setzte Gerry auf dem Küchenboden ab. Der Kleine krabbelte sofort auf seine Mutter zu, die ihn rasch in ihre Arme nahm. Gerlach dirigierte seine Opfer mit vorgehaltener Waffe in Richtung Schlafzimmer und wies seine Opfer an, sich aufs Bett zu legen. Dann lehnte er sich ans Fenstersims und warf einen demonstrativen Blick auf seine Uhr.

So, meine lieben Freunde, es wird Zeit fürs Geschäft. Habt ihr euch schon auf eine Art zu sterben geeinigt oder soll ich euch die Entscheidung abnehmen? So, wie ich euch drei einschätze, wollt ihr, dass es möglichst schnell zu Ende geht, hab' ich recht? Nun gut euer Wunsch sei mir Befehl und ihr sollt nicht lange leiden.

Mit diesen Worten richtete Ebner seine Glock auf die Stirn des Studenten. Mark schloss in Erwartung seines bevorstehenden Todes die Augen und griff nach Sylvias Hand.
Statt eines gedämpften Knalles war jedoch plötzlich das Bersten von Fensterglas zu hören und Mark und Sylvia rissen gleichzeitig die Augen auf. Ebner sah mit einem ungläubigen Blick auf seine Brust hinunter, auf der ein hellroter Krater entstanden war. Als er seinen Mund öffnete, um etwas zu sagen, lief ihm ein dünner Blutfaden übers Kinn und tropfte zu Boden. Ebner gab noch einen gurgelnden Laut von sich und seine Augäpfel drehten sich nach hinten, sodass nur noch das Weiße zu sehen war. Dann fiel er wie ein gefällter Baum vorne über

und schlug am Teppichboden auf. Im gleichen Moment wurde mit einem Knall die Wohnungstüre eingetreten und ein älterer übergewichtiger Mann in einer schwarzen Uniform stürmte ins Zimmer. Er warf einen raschen Blick auf den Toten und sprach dann in das Funkgerät, das auf der rechten Schulter seiner Uniformjacke angebracht war.

Auftrag erledigt, Sie können 'rüberkommen!

Dann drehte er sich um und erblickte Mark und Sylvia samt dem Baby bleich, aber unversehrt auf dem Bett.
    Mark riss die Augen auf. *Mertens, Sie! Wie kommen Sie hier her?*

So kannst du mich natürlich auch nennen, aber ich bevorzuge Manfred.

Gerlach nahm sich die falschen Haare, die Augenbrauen und den Bart aus dem Gesicht. Zu guter Letzt zog er noch den Polster unter seiner Uniformjacke hervor, der ihm als Bauch gedient hatte. Vor Mark und Sylvia, die vor Staunen ihre Münder offen hatten, stand nun ein etwa 40 bis 50-jähriger, etwas schlankerer Mann mit einer Halbglatze und einem schiefen Grinsen im Gesicht.

Darf ich mich vorstellen, Manfred Gerlach! Mertens norddeutscher Akzent hatte einer gehobenen Wiener Mundart Platz gemacht.

Eineinhalb Stunden später hatten sich alle wieder so weit beruhigt und an Sylvias rundem Esstisch im Wohnzimmer Platz genommen. Inzwischen hatte sich auch Aaron Goldberg zu der Runde gesellt. Nachdem er Ebners Spur verloren hatte, hatte Goldberg umgehend Gerlach benachrichtigt und anschließend auf dessen Befehl hin mit seinem Gewehr auf dem Dach des Hauses gegenüber Sylvias Wohnung Posten bezogen. Goldberg musste dann nur noch auf den richtigen Moment warten und Ebner eine Kugel in den Rücken jagen. Der gefallene Killer selbst lag in eine Plastikfolie verschnürt in der Badewanne. Er würde in der Nacht, wenn es weniger neugierige Zeugen gab, abtransportiert und irgendwo im Wald verscharrt werden. Sylvia hatte für alle Kaffee aufgesetzt und dann hatten sie und Mark begonnen, Gerlach und Goldberg mit Fragen zu bestürmen. Sylvia konnte es kaum glauben, ihrem erwachsenen Sohn gegenüber zu sitzen und ihr Blick sprang ständig zwischen Gerry und Gerlach hin und her. Gerlach hatte Gerry auf den Schoß genommen und ließ ihn auf seinem Knie auf- und ab wippen. Es war für ihn ein unglaubliches Gefühl, sein jüngeres Ich im Arm zu halten. Er nahm einen großen Schluck aus seiner Tasse und begann zu erzählen.

Gerlach schilderte zunächst, wie er am Forschungsinstitut von CERN die Zeitreisen entdeckt hatte und danach auf Anraten seines alten Freundes, Dupret Digital Orbit Enterprises gegründet hatte. Er berichtete von den ersten Tests mit der Zeitmaschine bis hin zu dem ersten Zeitsprung mit einem Menschen, bei dem sein Assistent, Jonathan Michaelis verschwunden war.

Ihr könnt euch sicher vorstellen, wie schockiert ich war, als Michaelis nicht mehr von seiner Zeitreise zurückkehrte. Ich habe nächtelang mithilfe eines Diagnoseprogramms versucht, zu rekonstruieren, was bei dem Test schiefgelaufen sein konnte. Und nachdem ich schlussendlich herausgefunden hatte, wohin es Michaelis verschlagen hatte und was ihm dabei zugestoßen war, wurde mir sofort klar, dass ich vor einem riesigen Problem stand.

Gerlach bugsierte seine jüngere Ausgabe auf sein anderes Knie und kniff ihm zärtlich in die linke Backe.

Mark blies einen Rauchkringel in die Luft und ergriff das Wort. *Das heißt, Michaelis und das, was er durch seine Reise in die Vergangenheit ausgelöst hatte, ist auch der Grund dafür, warum dieser Ebner hinter uns her war.*

Gerlach nickte. *Du hast es erfasst! Nur sind leider meine geschätzten Kollegen einem Denkfehler aufgesessen. Es sind nämlich alle davon ausgegangen, dass Michaelis die Vergangenheit verändern könnte und dass musste um jeden Preis verhindert werden, indem man mich tötete, um damit die Erfindung der Zeitmaschine zu verhindern. Nur leider hat niemand dabei bedacht, dass Michaelis die Vergangenheit und damit logischerweise die Zukunft schon längst verändert hatte. Kurz gesagt, wir leben bereits in einer alternativen Gegenwart.*

Das verstehe ich jetzt nicht, wandte Mark ein und auch Sylvia riss erstaunt die Augen auf.

Keine Sorge, dazu komme ich später noch. Es ist etwas kompliziert, da Michaelis durch sein Eingreifen in der Vergangenheit ein Zeitparadoxon ausgelöst hat. Aber wie gesagt, dazu später mehr. Jedenfalls wurden bald nach dem Vorfall erste kritische Stimmen laut und eine Untersuchungskommission wurde ins Leben gerufen, um die Hintergründe zu dem Desaster aufzuklären. Und mit der Gründung dieser Untersuchungskommission war der Grundstein zur Entstehung der sogenannten Organisation gelegt. Diese Organisation ist, wenn ihr so wollt eine Splittergruppe innerhalb der Untersuchungskommission, deren Mitglieder sich die Vernichtung der Zeitmaschine zur Aufgabe gemacht haben um, wie sie argumentierten, eine Katastrophe zu verhindern. Der harte Kern dieser Gruppe innerhalb der Untersuchungskommission besteht im Wesentlichen aus Harald Liebknecht und seinem Vertrauten, Peter Weissenecker. Liebknecht war vor seiner Zeit bei Digital Orbit Enterprises Finanzchef bei einem amerikanischen Konsortium und hat dann später als Investor für wissenschaftliche Großprojekte von sich reden gemacht. Das ist auch der Grund, warum er in der Firma ist. Er ist einer der Investoren für mein Projekt. Zudem pflegt er ausgezeichnete Kontakte zum Verteidigungsministerium, sowie zu politisch konservativen Kreisen. Durch diese Kontakte ist Liebknecht auch mit Weissenecker zusammengekommen und hat ihn als Sicherheitschef ins Boot geholt. Zwischen mir und Liebknecht hat von Beginn an die Chemie nicht gestimmt. Er hat sich immer in alles eingemischt, hat überall seine Nase hineingesteckt und sich langsam immer mehr Mitspracherecht, auch in nicht finanziellen Fragen ausbedungen. Das hat mir natürlich nicht gefallen, aber ich war gezwungen, zu allem Ja und Amen zu sagen, da er ein wichtiger Geldgeber war. Hätte ich allerdings auch nur geahnt, was für eine Laus ich mir da in den Pelz holen würde, ich hätte Liebknecht nie eingestellt. Denn von dem verhängnisvollen Tag, mit dem misslungenen Zeitsprungan, hat er seine Chance gewittert, das Ruder im Unternehmen an sich zu reißen und mich, den verhassten Chef vom Thron zu stoßen.

Mark schenkte sich noch einen weiteren Kaffee ein und reichte die Kanne an Goldberg weiter. *Wenn ich das also richtig verstehe, dann hatte dieser Liebknecht von Anfang an geplant, Sie aus dem Projekt zu drängen.*

So ist es! Und jetzt im Nachhinein wird mir auch sonnenklar, warum er sich mir gleich von Beginn an regelrecht aufgedrängt hat. Vor lauter Freude über so einen potenten Geldgeber, habe ich gar nicht bemerkt, was der Kerl in Wahrheit im Schilde geführt hat.

Sylvia rutschte unruhig auf ihrem Sessel hin und her. *Ich weiß ja nicht, wie die anderen das sehen, aber ich würde jetzt wirklich gerne wissen, was mit Michaelis passiert ist.*

Ja bitte, ich platze schon förmlich vor Neugier! Mark beugte sich nach vorne und trommelte mit den Fingern seiner rechten Hand einen nervösen Marsch auf die Tischplatte.

Gerlach warf Goldberg einen vielsagenden Blick zu und schmunzelte. *Mir scheint, die Tugend der Geduld ist bei der heutigen Generation nicht mehr so richtig angesagt. Aber gut, wir wollen die Herrschaften nicht unnötig auf die Folter spannen.*

Gerlach nahm sich noch einen Schluck aus der Kaffeekanne, dann warf er noch einen erstaunlich strengen Blick in die Runde, räusperte sich und begann zu erzählen.

Nachdem bei Digital Orbit Enterprises nach dem so desaströs verlaufenen Zeitsprung meines Technikers die Stimmung zu meinen Ungunsten umzuschlagen begonnen hatte, beschloss ich der Sache selbst auf den Grund zu gehen – und zwar abseits der Untersuchungskommission. Die Gründe für diesen Entschluss sind euch ja nun hinlänglich bekannt. Ich begann mich nachts, wenn die restliche Belegschaft bereits friedlich in ihren Betten schlummerte heimlich am Steuerungscomputer der Zeitmaschine zu schaffen zu machen. Dem Nachtportier habe ich entweder erzählt, dass ich wichtige Unterlagen im Labor vergessen hätte, die ich aber dringend für meine Forschungen benötigen würde oder ich habe sonst irgendwelche Ausreden erfunden, nur um an die Daten des Zeitsprunges zu kommen. Bei meinen Nachforschungen habe ich schließlich herausgefunden, wohin es Michaelis verschlagen hatte und beschloss ihm nachzureisen, um zu sehen, was mit ihm passiert war. Das war zwar überaus riskant, da es ja schon einmal zu einer Fehlfunktion der Zeitmaschine gekommen war, gleichzeitig war das aber auch die einzige Möglichkeit, mir selbst ein Bild von dem Vorfall zu machen.

Als Marks Finger erneut zu einem ungeduldigen Marsch auf der Tischplatte ansetzen wollten, unterbrach Gerlach seinen Bericht kurz und hob beschwichtigend die Hände. *Keine Sorge, ich komme ja gleich zum spannenden Teil der Geschichte.*

Nachdem sich Marks nervöse Finger wieder einigermaßen beruhigt hatten, fuhr Gerlach mit seiner Geschichte fort und erzählte schließlich von seiner eigenen Reise in die Vergangenheit und Michaelis tragischem Ende.

Wieso konnten Sie ihren Techniker denn nicht retten? Sylvia hatte sich kerzengerade in ihrem Stuhl aufgerichtet und warf Gerlach einen beinahe anklagenden Blick zu.

Dazu hat die Zeit nicht mehr gereicht, weil das Zeittor nur für ein paar Minuten offen war.

Aber Sie wussten ja, dass Sie den Sprung in die Vergangenheit jederzeit wiederholen konnten, stimmt's, kam Mark dem Wissenschaftler zu Hilfe.

Ganz genau, also bin ich wieder in die Gegenwart zurückgereist, um erst einmal weiter zu recherchieren. Dabei ist mir die Idee gekommen, dass so ein Unfall sicherlich in einer Lokalzeitschrift der damaligen Zeit Erwähnung gefunden haben könnte. Und im Pressearchiv der Nationalbibliothek bin ich schlussendlich tatsächlich auf den bewussten Artikel in einer Wochenzeitschrift gestoßen. Der Bericht stand in der „Neuen Warte am Inn" vom 1. September 1888. Gerlach blickte triumphierend in die Runde, von der jedoch nur ratlose Gesichter zurückblickten.

Ja und, tönten Mark und Syliva unisono.

Ach ja, richtig. Ich bin euch ja noch eine wesentliche Information schuldig. Wenn ich euch nämlich jetzt sage, wer durch Michaelis unbeabsichtigtes Eingreifen dem Tode entronnen ist, wird euch die Tragweite dieses Vorfalles erst so richtig bewusst werden.

Erzählen Sie schon, Boss, mischte Goldberg sich ein. *Die beiden können sich ja kaum noch auf ihren Plätzen halten.*

Gerlach machte ein enttäuschtes Gesicht, wie ein Zehnjähriger, dessen Eltern ihm beim Vorführen eines Zauberkunststücks hinter das Geheimnis des Tricks gekommen waren. *Also gut, der Name der Frau, die Michaelis bei dem Unfall gerettet hat, war...*

***

...Klara schob den Kinderwagen vorsichtig zwischen den engen Reihen hindurch, bis zum Ende des Friedhofs. Das einfache Grab, vor dem sie nun stand, war bloß mit festgestampfter Erde bedeckt und ein schlichtes Holzkreuz zierte die letzte Ruhestätte ihres Retters. Der Unfall mit dem brennenden Heuwagen war auf den Tag genau vor einem Jahr passiert und obwohl die Sonne vom Himmel brannte, fröstelte es Klara bei dem Gedanken daran. Ohne den unbekannten, tragischen Helden würde sie jetzt hier liegen. Sie beugte sich über den Kinderwagen mit dem friedlich darin schlafenden Baby und hob vorsichtig, um den Kleinen nicht zu wecken, das mitgebrachte Blumengebinde heraus. Einen Moment lang stand sie andächtig da, dann bückte sich Klara und legte den Strauß ans Fußende des Grabes. Nachdem das Baby trotz der feierlichen Stille des Friedhofes aufgewacht war und quengelte, hob Klara den Kleinen aus dem Kinderwagen und nahm ihn auf den Arm. Das Baby strampelte und streckte seine Ärmchen nach ihr aus. Beim Anblick des quicklebendigen Wonneproppens liefen die Ereignisse des vergangenen Spätsommers nochmals wie ein Film vor Klaras Augen ab. Sie durchlebte erneut, wie der brennende Heuwagen auf sie zugerast kam, wie die verängstigten Pferde panisch die Augen aufgerissen hatten und erneut fühlte sie ihre eigene aufkommende Panik. Und dann war plötzlich dieser fremde Mann mit seinem seltsamen, dünnen, weißen Mantel, wie aus dem Nichts auf dem Hohlweg aufgetaucht und an ihrer Stelle unter dem umstürzenden Pferdewagen begraben worden. Klara erinnerte sich noch, wie sie, wie von Furien gehetzt in den Ort zurückgerannt war und Hilfe geholt hatte. Der Fremde jedoch war hilflos mitsamt dem Heuwagen verbrannt und die rasch eingetroffenen Helfer konnten nur noch seinen verkohlten Leichnam bergen. Bis heute war die Identität des Fremden unklar geblieben und Klara hatte sich nicht mehr bei ihm für ihre Rettung bedanken können. Das einzige, das sie tun konnte, war, regelmäßig zum Friedhof zu kommen und frische Blumen auf sein Grab zu legen.

Klara wischte die schrecklichen Erinnerungen beiseite und küsste ihren Sohn zärtlich auf die Wange. Sie bekreuzigte sich noch einmal, legte das Baby wieder in seinen Kinderwagen und machte sich auf den Heimweg. Kurz bevor Klara den Ausgang des Friedhofs erreichte, wandte sie sich nochmals um und blickte zu der schlichten Grabstelle zurück. Ihr geheimnisvoller Retter war tot und begraben, aber sie und ihr Kind würden leben. Ihr kleiner Adolf würde leben.

***

Nachdem Gerlach seine Geschichte fertig erzählt hatte, war es am Tisch totenstill geworden. Sylvia und Mark starrten beide auf Gerlach und ihre Kinnladen klappten gleichzeitig, wie synchronisiert herunter.

Wollen Sie damit sagen, dass Michaelis mit seinem Eingreifen ausgerechnet Adolf Hitlers Mutter vor dem Tod gerettet hat? Mark hatte als Erster seine Stimme wieder gefunden.

Aber warum haben Sie das nicht verhindert? Ohne Hitler kein Krieg und keine Toten. Sylvia wirkte ehrlich bestürzt.

Gerlach hatte einen fast wehmütigen Ausdruck im Gesicht. *Es wäre so schön gewesen, nicht wahr? Und glaubt mir, das war auch mein erster Gedanke. Aber die Sache hat leider einen Haken. Das Problem ist nämlich, dass Michaelis mit seinem Eingriff die Zukunft nachhaltig verändert hat. Klara Hitler hätte an dem Tag sterben sollen, das wäre ihr vorbestimmtes Schicksal gewesen. Aber nachdem sie überlebt hat, konnte ihr Sohn, Adolf erst geboren werden. Versteht ihr nicht? Ohne Michaelis hätte es Adolf Hitler nie gegeben und er hätte in weiterer Folge auch nicht das tun können, was danach passiert ist. Was ich damit sagen will, ist, dass wir bereits in einer veränderten Zukunft leben. Oder einer veränderten Gegenwart, je nachdem, aus welchem Blickwinkel man es betrachtet. Hätte ich Hitlers Geburt verhindert, hätten zwar wahrscheinlich sehr viele Menschen nicht sterben müssen, aber gerade dadurch wären mit Sicherheit einige Millionen Menschen auch nicht geboren worden.*

Mark lehnte sich mit einem Mal in seinem Sessel zurück und griff sich an den Kopf. *Na klar, das Großvaterparadoxon.*

Ganz genau! Wenn man im Rahmen einer Zeitreise die Vergangenheit verändert, dann verändert man dadurch auch gleichzeitig die Zukunft. Und je mehr die Vergangenheit verändert wird, desto nachhaltiger verändert sich auch die Zukunft. Das kann so weit gehen, dass wir alle hier nie geboren wor-

den wären. Hätte ich Michaelis gerettet, hätte ich damit ein gewaltiges Zeitparadoxon ausgelöst, das unser aller Existenz bedroht hätte. Und das durfte ich auf keinen Fall zulassen.

***

Mark saß an einem der wuchtigen Holztische im Eingangsbereich des Studentenlokals. Er löffelte ein kleines Gulasch und blickte in Gedanken versunken auf die belebte Florianigasse hinaus. Draußen vor dem Lokal zogen die ersten Nachtschwärmer in Grüppchen fröhlich quatschend vorbei. Aus dem Kellerbereich des Beisels war dumpf ein Jazzrhythmus zu vernehmen und ein paar Nachzügler hasteten die Treppe nach unten, um noch den Rest des Konzerts hören zu können. Seit den Ereignissen um seine Zeitreise war ein knappes halbes Jahr vergangen und Mark begann sich langsam wieder an sein Leben in der Gegenwart zu gewöhnen. Nachdem Gerlach seine Geschichte beendet und ungefähr eine Million Fragen beantwortet hatte, waren er, Goldberg und auch Mark wieder zurück in die Zukunft gereist. Der Abschied von Sylvia war schwer und traurig gewesen, aber natürlich hatten sie sie ebenso wenig mit in die Zukunft nehmen können, wie er in der Vergangenheit hatte bleiben können. Das Risiko, dadurch weitere Zeitparadoxa auszulösen wäre einfach zu groß gewesen. Mark hatte Sylvia zwar versprechen müssen, sie in der Zukunft zu besuchen, aber er hatte das Wiedersehen immer wieder auf einen späteren Zeitpunkt verschoben. Er konnte sich einfach nicht dazu durchringen, einer mittlerweile über sechzigjährigen Frau gegenüberzutreten, während er scheinbar jung geblieben war. Stattdessen hatte er sich mit Manfred Gerlach getroffen und von ihm erfahren, dass Sylvia bereits vor fast 5 Jahren verstorben war – sie war einem langen Krebsleiden erlegen. Der Abend war trotzdem sehr nett geworden und sie hatten lange miteinander geplaudert. Gerlach hatte ihm erzählt, dass er Digital Orbit Enterprises verkauft hatte und gerade dabei war einen Lehrauftrag an der Uni Wien anzunehmen. Zuvor hatte er aber noch einmal die Zeitmaschine angeworfen und dafür gesorgt, dass Liebknecht & Co nie bei Digital Orbit Enterprises angestellt worden waren. Die Arbeiten an Zeitreisen waren schlussendlich eingestellt worden und die Firma beschäftigte sich jetzt ausschließlich mit der Erforschung alternativer Energiequellen. Mark und Gerlach hatten sich versprochen, auch weiterhin in Kontakt zu bleiben und Gerlach hatte mit einem verschmitzten Grinsen angemerkt, dass er jemanden wie Mark gut brauchen könnte, wenn wieder mal jemand auf die Idee käme, eine Zeitreise zu unternehmen. Mark hatte ebenfalls grinsen müssen, sich aber insgeheim geschworen, nie mehr auch nur einen Fuß in ein dementsprechendes Labor zu setzen.

Mark hing noch eine zeitlang seinen Gedanken nach, dann legte er einen Geldschein unter den noch vollen Gulaschteller und trat auf die Straße hinaus. Er streckte seine vom Sitzen steif gewordenen Glieder, steckte sich eine Camel an und schlenderte in Richtung Innenstadt. Morgen würde er einen Friedhofsbesuch machen.

ENDE

Der Autor

Markus Bleyer, 1974 in Wien geboren, hat nach der Matura eine Ausbildung zum Chemiker absolviert. Ungeachtet dieses bürgerlichen Jobs fasziniert ihn das Schreiben seit jeher. Der Autor lebt in Wien und ist verheiratet.

Der Verlag

*Wer aufhört
besser zu werden,
hat aufgehört
gut zu sein!*

Basierend auf diesem Motto ist es dem novum Verlag ein Anliegen, neue Manuskripte aufzuspüren, zu veröffentlichen und deren Autoren langfristig zu fördern. Mittlerweile gilt der 1997 gegründete und mehrfach prämierte Verlag als Spezialist für Neuautoren in Deutschland, Österreich und der Schweiz.

Für jedes neue Manuskript wird innerhalb weniger Wochen eine kostenfreie, unverbindliche Lektorats-Prüfung erstellt.

Weitere Informationen zum Verlag und
seinen Büchern finden Sie im Internet unter:

www.novumverlag.com